CÉLINE LAPERTOT

CE QU'IL NOUS FAUT DE REMORDS ET D'ESPÉRANCE

ÉDITIONS Viviane HAMY

© Éditions Viviane Hamy, août 2021.
D'après une conception graphique de Pierre Dusser.
© Illustration de couverture :
Jean-François Valantin/Saif images
ISBN 978-2-38140-012-9

À Audrey Wittmer et Jérémy Lapertot

*À Jérôme Dietenhoeffer, pour ses mots
et sa présence de chaque instant*

« *Persée avait promis au roi de l'île de Sériphos de lui rapporter la tête de Méduse. Méduse était la seule des trois gorgones à être mortelle. Elle avait, comme ses deux sœurs, le pouvoir de pétrifier tous ceux qui la regardaient dans les yeux. Dans cette mission, Persée reçut l'aide d'Hadès qui lui donna un casque le rendant invisible, d'Hermès qui lui offrit des sandales ailées et d'Athéna qui lui conseilla d'utiliser son bouclier comme un miroir pour voir Méduse sans être pétrifié. Après avoir obtenu des informations de la part des filles de Phorcos qui savaient où se trouvaient les nymphes et les gorgones, Persée trancha la tête de Méduse. De celle-ci sortirent Pégase et un géant. Persée mit la tête de Méduse dans un sac et chevaucha Pégase pour rentrer à Sériphos.* »

Apollodore, *Bibliothèque*, II, 4

Une petite fille

Roger savoure ce qu'il appelle sa pyramide ascensionnelle.

Après plusieurs belles années, habillé de sa robe de magistrat, la cage thoracique noircie par les strangulations des uns, les bébés congelés des autres, la maîtresse qui disparaît, l'enfant qui n'est jamais rentrée de son après-midi passé chez sa copine Chloé, il remise sa robe au placard, l'âme un peu sèche, pour se murer dans un costume gris clair, arpentant comme un fantôme les cages dorées du ministère de la Justice place Vendôme. On leur a mené la vie dure ces derniers temps, à lui et à son cabinet. Une émeute de prisonniers qui a failli se terminer en bain de sang – et il a fallu la diplomatie de Victorine Moreau, sa directrice de cabinet, pour calmer le jeu avant que deux des gardiens ne finissent pendus par les pieds. Une grève des magistrats (il pressent qu'elle ne sera pas la dernière, étant donné ce qu'il s'apprête à faire) lui a donné des sueurs froides et des nuits blanches, assis à son bureau en compagnie de Victorine et de Thibault, son principal conseiller technique. De coups de fatigue en coups de sang, ils ont pris vingt ans en quelques semaines. Quitte à mériter la sueur de ces derniers mois, qui a coulé le long de sa colonne vertébrale, il ne veut pas de nuits blanches pour régler des problèmes technocratiques, il en veut pour concrétiser la plus grande de ses ambitions. Il veut être l'homme de la réforme, et pas n'importe laquelle. Une idée germe en lui, c'est une idée qui ne demande qu'à trouver des appuis. Un ministre n'est rien s'il n'apporte pas sa pierre à l'édifice, c'est pour-quoi il faut réformer.

Chaque jour, Roger parcourt les longs couloirs qui mènent à son bureau, caresse du bout de l'index la marqueterie et les fauteuils Louis-Philippe, salue sa secrétaire, invite Thibault et Victorine pour des heures de débat, parce qu'il sait que ces deux-là à ses côtés, c'est un sacré atout dans sa manche. Victorine relève à la fois de la danseuse et de la crieuse de marché et, au premier abord, elle donne toujours l'impression de faire tache dans le décor. Mais il ne faut pas s'y fier. Un physique athlétique et fluet de rat d'opéra, mais une gouaille de titi parisienne à la Édith Piaf. Victorine, « la petite Victorine » se dit comme tous ces hommes qui se croient trop petits et tapent de gigantesques gueulantes pour compenser ce foutu « patriarcat ». Victorine est tout à la fois sa bonne et sa mauvaise conscience ; rencontrée tardivement dans sa carrière politique, elle est pourtant devenue sa grande amie, sa fidèle alliée, celle qu'il rêvait d'avoir à ses côtés pour mener à bien un projet d'une telle envergure.

Ce que Roger propose, c'est un retour dans le passé, un saut dans le vide qui pourrait ruiner son avenir, si son projet n'aboutit pas. Depuis l'adolescence, depuis les débats avec son frère, les textes trouvés par son père, sa pierre de touche, son élixir de jouvence, est de porter une réforme comme celle sur laquelle il travaille. Il n'ignore pas le ridicule que l'on verra dans le fait de revenir sur des arguments tricotés et détricotés par des hommes de la trempe d'un Maurice Barrès ou d'un Robert Badinter. Il faudra que sa cuirasse soit épaisse, que son courage ne connaisse aucun talon d'Achille, qu'il n'ait pas peur des salissures jusque sur les murs de son appartement. Il faudra qu'il accepte que ses rêves se transforment lentement en cauchemars éveillés, que ses partisans chantent ses louanges et que ses adversaires lui crachent à la gueule. Il faudra qu'il encaisse les erreurs de jugement, le sang dont on peindra ses mains, les fleurs de l'opinion publique et l'affront des bien-pensants. Il faudra qu'il compte sur quelques affaires sanglantes pour l'appuyer, à l'heure où les réseaux sociaux sont devenus un prêt-à-penser, et qu'il suffit d'un meurtre aggravé pour retourner une opinion publique aussi friable qu'une feuille au milieu d'un ouragan.

Il lui faudrait la mort d'une petite fille.

Elle est là, la petite fille.

Nue, offerte au vent, à la pluie et aux larmes d'un vieux promeneur de chien qui l'a trouvée. Déshabillée de son innocence. Une petite fille aux côtes encore si visibles et aux hanches inexistantes.

Il ne comprend pas, le promeneur.

Il ne saisit pas ce qui se passe sous ses yeux. Il ne comprend pas pourquoi ce petit corps pâle et grisâtre gît là, à peine couvert par des feuillages que le vent trop fort a eu vite fait de balayer. Il est paralysé, rien dans son corps ne trouve la force d'avancer. Des détails s'impriment dans sa mémoire sans qu'il en prenne conscience ; des cheveux châtain clair à hauteur d'épaule, un petit bracelet de cœurs qui entoure son poignet droit, une chaussette, une seule : ce détail en apparence anodin lui ravage le cœur.

Elle est là, la petite fille. Sa nudité ne peut pas laisser planer le doute. Le promeneur sait, toute sa raison lui crie l'horreur du viol avant le meurtre. Le promeneur a une petite-fille, Christelle. Il convoque son image de toute la force dont il se sent capable. Malgré lui, il l'imagine à la place de la fillette qui gît là, le ventre offert aux regards, les cuisses entrouvertes sur les lèvres que seule la mère serait en droit de voir, quand elle aide sa fille à se laver et s'habiller. Le vieux promeneur de chien se dit qu'il n'aurait pas voulu voir les lèvres de sa petite-fille. Ce n'est pas un corps de femme, c'est tout ce qu'il est capable d'articuler, tant l'image cogne fort contre ses tempes. Ce n'est qu'un corps de petite fille. Il se sent indigné, il se mépriserait pour avoir osé laisser son

regard s'attarder ainsi. Il se sentirait presque coupable ;
c'est ce sentiment qui le pousse à agir. L'horreur de se
sentir coupable, en tant qu'homme qui pose rien qu'un
instant son regard sur ce petit corps.

Alors il active le pas.

Le chien grogne contre ses mollets.

Il a peur. Il sent la mort. Il renifle l'angoisse de son
maître qui glisse en fines gouttelettes entre ses omo-
plates.

Le maître court et emmêle ses genoux à la laisse de
son chien.

Entre deux enjambées des bruits semblent
s'échapper de sa cage thoracique.

Il sent que quelque chose de vague naît dans le
fond de sa gorge.

Il va pleurer. Alors il court encore plus vite.

Arrivé à la lisière de la forêt, il hurle.

C'est plus fort que lui, il hurle son désespoir, sa
peur, son incrédulité. Il hurle parce que plus rien ne
sera jamais comme avant. Entendre parler de la mort
d'une petite fille sur les chaînes câblées où les informations passent en boucle, c'est différent du fait de la
voir en vrai. Son regard va changer, à jamais. Il le
sait, une évidence qu'il cache en lui, lui dit que jamais
plus il ne regardera Christelle comme il le faisait
avant. C'est de cela que monte la haine du meurtrier.
Le sentiment de sa propre faiblesse, l'exposition de
ses failles, l'explosion de son humanité criblée de

balles envoyées par le Destin. C'est pour cela, selon lui, que les meurtriers de gosses doivent payer, parce qu'ils changent notre regard à tout jamais, parce qu'ils ruinent notre cœur à tout jamais, si nous avons le malheur de découvrir le corps sans vie. C'est pour cette raison qu'il voudrait les voir pendus au bout d'une corde, tous autant qu'ils sont, dès le premier soupçon, parce qu'*il n'y a pas de fumée sans feu*. On ne soupçonne jamais au hasard, il en est certain. Remettre la potence en place, tiens, mais pas forcément pour couper les têtes. Et il se surprend à penser, lorsque ses pieds heurtent le trottoir, celui où dans quelques instants il appellera la police, qu'il faudrait leur couper les couilles à la guillotine.

Il revoit les images humoristiques qui défilent sur les réseaux sociaux, les caricatures de prêtres émasculés, les dessins de mini-guillotines conçues pour les testicules, les slogans qui les accompagnent. Et il « likait », parfois, il cliquait sur le cœur pour signifier « j'adore », il cliquait aussi sur le bonhomme qui rigole, pour signifier sa connivence. Il est certain de ce qu'il avance ; les peines ne sont pas assez exemplaires, les meurtriers n'ont plus peur de rien. Et de nos jours, escroquer l'État coûte plus cher que déchirer l'hymen d'une gamine. Viole une jeune fille, ta peine sera requalifiée en agression sexuelle et tu t'en sortiras avec un ou deux ans de prison, parfois avec sursis. En revanche, roule l'État dans la farine en fraudant, et c'est quinze ans ferme. Voilà pour lui la vérité simple et crue, quand lui revient comme un boomerang l'image de la chaussette unique sur le petit pied, tandis que l'autre a disparu de son champ de vision, roulée en boule plus loin ou emportée par l'assassin.

Sa haine monte à mesure qu'il avance. Il sait que ce soir ou demain, quand les flics auront fait leur boulot, il la répandra sur les réseaux, ne divulguant pas tous les détails, non, parce qu'il n'en aura pas le droit. Ce savant mélange de ce qui est réel et de ce qui est supposé, cette salade de faits véridiques et de fantasmes sur l'assassin, réveillera l'instinct de justicier qui dort au fond des bons citoyens. Ceux qui couperaient bien les couilles, justement, ceux qui érigeraient bien de nouvelles potences pour les gibiers qu'on chopera avec des chaussettes de petites filles entre les doigts. Et le promeneur parlera de sa petite-fille, dans sa candeur de grand-père indigné, il partagera un cliché d'elle, tout sourire dans son maillot de bain, en souhaitant l'assassinat pour les assassins.

En cet instant, fébrile, il guide les enquêteurs sur le sentier où il a découvert la fille. Ses jambes tremblent et son chien grogne à nouveau. Tout le monde a peur, dans ce petit coin de verdure. Les enquêteurs n'en mènent pas large, eux non plus. Il faudra répondre aux questions de la mère, les plus tordues et les plus désagréables d'entre elles, parce que les mères veulent tout savoir, elles veulent manger leur pain noir jusqu'à la dernière miette. Il faudra le faire avant que les réseaux sociaux ne s'en emparent, parce qu'ils savent, les enquêteurs. Ils s'affolent sur la scène de crime, parce que la mère, elle, inerte sur le canapé, les mains jointes sur la télécommande et le téléphone, attend les mots qui la délivreraient, enfin. Il ne faut pas se rater.

*

Roger a conscience que, de plus en plus, politique et Justice font bon ménage en ce pays, que son nouveau président ne porte pas la démocratie comme un étendard inviolable. Il a conscience que les camions lancés à toute blinde sur la foule, les vitres brisées, les bagnoles incendiées, les vieux morts depuis deux mois et bouffés par leur chat dans l'indifférence générale, les gamines enlevées à deux portes de chez elles, retrouvées sans slip et sans chaussettes, sont autant d'atouts face à une opinion publique qui n'a plus que le mot « ordre » à la bouche. *Je veux de l'ordre ici.* Il sourit en se souvenant de la réplique entendue lors du visionnage du film *Titanic*, lorsque l'un des matelots tire sur la foule, incapable de contrôler la panique qui rampe et s'enroule, comme un serpent. Ce même matelot qui finira par se tirer une balle dans la tête, après avoir troué le cœur d'un passager de troisième classe, qui réclamait son droit de vivre aussi longtemps que les premières classes. Roger suit sur les réseaux la montée de la haine face à une Justice trop laxiste, il sent l'envie d'en découdre avec les remises en liberté quand la fillette, dont il n'a pas saisi le prénom, a été retrouvée nue et étranglée dans la forêt. Il a compris que l'outrance est une arme qui enflammera le cœur des internautes trop sensibles qui voteront pour sa proposition de loi, quand le président aura fait ratifier la sortie de la France de la Convention européenne des droits de l'Homme. Roger sait qu'il faut laisser le promeneur de chien divaguer sur la chaussette manquante, parce qu'il diffusera une impression de haine et de terreur sur les réseaux sociaux en écrivant que les assassins tuent mais que personne ne veut se charger de les tuer.

Comme le lui a soufflé Victorine : laisser faire, laisser agir, laisser les larmes et la colère parler pour lui. Puis se lever et prendre la parole, enfin.

Il ne peut s'empêcher de penser à cette expression, *le diable est dans les détails.*

Mais il ne souhaite pas être le diable. Il n'a pas l'impression de basculer dans l'obscurité d'une pensée rétrograde, en constatant chaque jour combien le peuple souffre de ce manque de repères, combien le peuple souffre de voir que la mort n'effraie pas, et qu'on la donne aussi facilement qu'on se dit bonjour, en passant. Et Thibault, son conseiller technique, demande alors :

— Vous êtes sûr ? Il n'y aura pas de rétropédalage ?

— Tout à fait sûr. Du courage.

Thibault ne manque pas de courage. Il croit même en avoir plus que Roger, parfois. Mais c'est surtout qu'il ne veut pas se planter. Il se souvient de la conversation qu'il a eue avec Victorine, quelques semaines auparavant, lorsqu'elle a commencé à le préparer mentalement au travail titanesque qui les attend. Elle lui a fait remarquer que les hommes qui ne se cassent jamais la gueule dans la vie – au moins une fois – ne font pas les meilleurs politiques. Prendre des risques.

Roger sait qui il doit mettre dans sa manche.

Il n'ignore pas les mots *vindicte populaire*.

Dans l'Histoire, cette petite histoire s'est déjà écrite. Il se souvient avoir lu, dans les archives de son père, le forfait d'Albert Solilland, agresseur d'une gamine de onze ans. Il se souvient comme les abolitionnistes en avaient pris pour leur grade, sous les assauts répétés de la presse qui se faisait le porte-parole de la mort de Solilland. Le chemin sera long, il faudrait un camion de Solilland pour emporter une adhésion franche et massive. Mais entre les dérives sexuelles, les dérives religieuses, les dérives économiques, les révoltés du samedi qui brandissent une guillotine en carton avec les politiques au bout du couperet, les parents qui crèvent de peur devant leur écran toujours allumé sur les mots *terrorisme islamique* et *décapitation*, il sent qu'il n'est plus temps de craindre le ridicule. Il rit quand il constate que le peuple a peur des méthodes barbares employées par les islamistes. Que la décollation au sabre est la pire des morts qui puisse exister selon eux, quand dans le même temps, un discret sondage déposé sur son bureau l'avertit que si ce même peuple est favorable au retour de la peine de mort, il le souhaite accompagné du décorum ancien qui va avec : le vélum et la guillotine. Roger l'a compris mais il a la conviction qu'il faut avancer à pas de loup : le peuple ne conçoit pas une mort discrète et humaine. Il veut être un acteur, le peuple, jusqu'au bout de l'achèvement d'un assassin.

Il ne faut plus dissocier de manière trop nette réseaux sociaux et *vraie vie*. L'opinion publique est omniprésente, pesante. La vindicte populaire et sa sensibilité rageuse à fleur de peau, prête à s'abattre comme un couperet. C'est là-dessus qu'il faut compter et il en a conscience, lorsqu'il dit à Thibault *Nous sommes dans un siècle où l'émotivité est la clé de la réussite. Fais hurler les gens, de terreur, d'indignation, de rage, d'espoir et de croyances en n'importe quoi, et tu la tiens, ta réussite. Tu n'imagines pas la valeur de l'émotivité du peuple.*

Roger a d'autant plus besoin de la pression de l'opinion publique qu'il a conscience d'une chose ; une horrible chose que vomissent les magistrats, une tache dont il n'est pas fier mais dont il reconnaît l'efficacité pragmatique : il a besoin de la rétroactivité de la loi. Depuis quand juge-t-on le crime d'un homme en lui appliquant les principes d'une réforme encore dans les langes, alors que le crime a été commis avant cette réforme. Roger se déshabille de sa robe de magistrat, en oublie les actes fondateurs pour réaliser son souhait à tout prix, ce qu'il désire le plus au monde, faire adopter sa loi. Il en oublie ses plus beaux combats, les raisons pour lesquelles il a prêté serment, des années auparavant. Le meurtrier de la petite fille, qui n'a pas encore été arrêté, en est le symbole le plus pur, le plus radical qu'il puisse posséder. L'opinion est là, qui le hurlera, le scandera dans la rue et sur les réseaux sociaux. D'autres descendront dans la rue, habillés de noir et de blanc, habillés de leur amour de la loi et de ses attaches les plus sacrées. Ils hurleront, eux aussi : *scandaleux, inadmissible, inhumain, pure folie, réforme diabolique.* Dans cela, il y a quelque chose de l'ordre de la traîtrise, mais Roger pense qu'il est inutile d'entrer en politique si l'on a peur de se brûler les ailes.

Sa réforme. Il se le dit tous les matins. *C'est ma réforme, je la porte parce que les êtres les plus profonds, les plus courageux, n'hésitent pas à réformer leur pensée.*

Thibault s'en va alors récolter de nouveaux sondages, faire naître de nouvelles possibilités dans l'esprit des personnes sondées, qui, parfois, n'avaient jamais réfléchi à la question. Il est fier. Fier de faire partie d'une telle équipe, entouré de gens courageux que la haine n'effraie pas. Il a en tête les arguments que lui ont opposés Roger Leroy et Victorine Moreau lorsqu'il leur a exposé sa position. Thibault fait taire les voix en lui. Il ne veut pas affronter son être intime. Surtout ne pas affronter ce que son inconscient pourrait lui dire, lui murmurer à l'oreille quand il se couche trop tard, trop épuisé pour réussir à s'endormir. Il garde à l'esprit ce que d'aucuns lui ont susurré, comme un avertissement du destin : *Fais gaffe, ton boss, là, c'est avec son frère qu'il a à en découdre.* Thibault sait que ce pourrait être une sacrée épine dans le pied. Ce frère qui sort de l'ombre, ce frère qui commence doucement à poser problème.

*

Nicolas ne sait que faire de la notoriété acquise après la sortie de son album. Il voudrait en profiter, aller au bout du plaisir qu'il a mérité après avoir passé tant de nuits à peaufiner son enregistrement. Les premiers temps, il s'est dit qu'on lui foutrait la paix. Roger Leroy, Nicolas Lempereur, ils ne portent pas le même nom de famille. Il n'existe pas la moindre photo depuis des années pour prouver qu'ils ont pu, un jour, évoluer dans le même cercle. Rien. Mis à part quelques témoignages d'une jeunesse où l'on se tapait dessus – mais il faudrait avoir le courage d'aller les chercher, ces témoignages, et en ce début de carrière, nul n'a envie de fouiller le passé d'un chanteur émergent. Il devrait être rassuré : impossible d'établir un lien entre les deux frères.

Pourtant, il l'entend, il le lit, les rumeurs circulent, vicieuses et collantes. Il aimerait se battre, les faire taire ces rumeurs qui vont mauvais train, il voudrait crier que l'obsession de son frère pour le retour de la guillotine ne le concerne pas, que les seules choses dont il faudrait lui parler, ce sont ses accords de guitare, le mariage récent de son bassiste, les paroles de ses chansons, la pochette de son album élaborée par une amie graphiste ; rien n'y fait, sur Wikipédia on peut lire *Nicolas Lempereur, demi-frère du garde des Sceaux Roger Leroy*. Il tente d'apaiser ce qui bouillonne en lui, à l'idée qu'un journaliste lui demanderait quelle est sa position par rapport aux thèses de son frère. C'est qu'il a décidé de s'en foutre. Il ne veut pas participer à ce débat qui aurait dû rester au fond de cartons recouverts de poussière dans les bas-fonds des ministères.

C'est très simple : il refuse d'être mêlé, de près ou de loin, au débat sur la sortie des traités européens, aux débats houleux sur ceux qui seraient passibles de la peine de mort et ceux qui ne le seraient pas – parce qu'il y a ceux qui méritent de crever et ceux qui le méritent, oui, mais un peu moins. La nuance est fine et fragile entre les très coupables, les coupables, les un peu moins coupables et les pas trop coupables : la Justice, dans son immanence, saura faire le tri. Nicolas ne veut pas, au cours d'une interview, se retrouver à devoir choisir entre un pédocriminel et un braqueur de banques, entre un mari qui tabasse à mort et une épouse qui sort le fusil, et balancer la réplique de Dewey dans *Malcolm* : *Toi tu vis, toi tu vis, toi tu crèves.* Le seul avantage qu'il trouverait à cette situation, c'est la perspective de gêner son frère. Parce qu'il sait bien que le piège n'est pas à sens unique. S'il est compliqué pour un artiste d'avoir pour frère Roger Leroy, le tenant du rétablissement de la peine de mort, il est tout aussi complexe pour un garde des Sceaux d'avoir pour frère Nicolas Lempereur, un rockeur qui s'envoie dans le pif tout ce qui fait planer. Serait-ce cela, la défense de Roger, dans l'hypothèse où un jour, sait-on jamais, Nicolas prendrait part aux débats : *Un rocker, pensez donc, un camé, ouais.*

C'est l'histoire d'un anniversaire

Durant les dix premières années de sa vie, Roger n'a qu'une seule phrase à la bouche : *Papa est en voyage d'affaires.* Il a un père qu'il voit environ une semaine par mois, parfois plus, parfois moins, cela dépend de cet emploi du temps *flexible* que les adultes évoquent sans cesse. C'est donc l'histoire d'un père absent. Un quotidien sans père avec une mère qui brodait de jolies petites histoires – plus tard, devant l'urne de sa vieille mère incinérée, il se dira que toutes les mères plus ou moins célibataires sont des romancières en puissance. Des femmes aptes au mensonge salvateur, aux petites supercheries pour conserver intact le plus longtemps possible l'amour du fils, le rouge au bout des lèvres pour dire, *Tu vois, il n'y a rien de grave dans la vie. Rien que l'on ne puisse surmonter.* Roger avait fini par considérer que ça n'était pas grave, les visites paternelles intermittentes, la bise sur la joue et la tape sur l'épaule en guise de retrouvailles. Ces visites ponctuées de devoirs à faire et de lectures à partager. Papa ne revenait pas souvent, mais il revenait : on pouvait appeler cela une famille. Il ne s'embarrassait pas du regard des tantes, quand elles murmuraient dans la cuisine : *Tout de même, comment fait-elle pour accepter ça ? Je serais partie depuis longtemps avec mon fils sous le bras.* Il n'identifiait pas l'origine de cette mascarade, faite de risettes à la grande sœur et de persiflages sur sa faiblesse de femme prête à tout pour conserver un mari. Il n'imaginait pas, Roger, plongé dans ses Jules Verne et ses *Chair de poule*, que l'indignation des sœurs aimantes n'avait pas à voir avec le fait que le père était trop absent. Plutôt avec ce qu'il tricotait durant ses longues périodes de silence, avec ce qui s'échafaudait loin du fils et de l'épouse, dans un espace clos noyé de kilomètres où ce qui se construit se tait, pour le bien de tous.

Lorsque pour la première fois Roger demanda, presque en murmurant, de peur d'être pris en faute, *Pourquoi restes-tu avec un homme qui n'est quasiment jamais là pour toi*, il fut surpris de la réponse de sa mère. Cette réplique, cinglante et péremptoire, mit des années à trouver sa place dans son cortex cérébral :

— Parce que c'est mon choix.

— Comment ça ? On choisit une vie comme celle-là ?

— Oui. C'est la vie que je me souhaite. N'écoute pas tes tantes.

Il ne comprit pas, Roger, il ne comprit d'ailleurs jamais, encore moins lors de l'arrivée de Nicolas dans leur vie, qu'une femme puisse décider qu'une telle vie lui convient et qu'elle assume ce qu'elle souhaite. Le poste qu'elle occupait et son salaire suffisaient à leur bonheur. Mais il aurait été rassuré de se dire qu'elle restait pour assurer un confort qu'elle devait à son enfant. Alors oui, c'était bien cette vie qu'elle voulait. Une vie incompréhensible faite d'acceptation du silence et d'un langage double, une vie de paroles et d'actes qui ne coïncident pas mais qui ne font pas de mal, puisque chacun y trouve son compte. Elle savait ce que les tantes disaient, elle en prenait son parti, comme si tout cela n'était pas grave, dans le fond, du moment qu'environ deux semaines par mois, elle avait son mari.

Parce que je le veux.

Le temps passe ainsi lorsque, à quelques jours de souffler sa dixième bougie, il découvre que ce père, censé être présent pour l'occasion, ne rentre pas seul. Il n'est guère étonné de la lueur qu'il découvre dans le regard de sa mère ; une lueur qui dit *Je ne suis pas surprise.* Elle fait mal, cette lueur, elle fera toujours mal parce que ce sera la seule trahison de la mère, celle qui savait depuis toujours mais qui n'avait jamais rien dit.

Nous sommes dimanche, la matinée est déjà un peu trop chaude en ce 28 juin, mais Roger insiste pour enfiler un joli costume. C'est son anniversaire, il entre dans la dizaine, c'est encore un enfant mais des traits préadolescents s'inscrivent déjà sur son visage comme sur ceux de tous les copains de sa classe. Son père va rentrer à la maison, avec des cadeaux, avec sa voix d'homme, simplement. Sa mère exulte, les tantes un peu moins, la grand-mère, pas du tout. Qu'importe. Il est des promesses que son père sait tenir, comme celle de revenir le jour de ses dix ans. Il se contemple dans le miroir ; il sait qu'il lui ressemble. La forme de son menton, qui vire au carré, le petit creux des fossettes lorsqu'il sourit. Il ne sait pas quoi faire de tout cela parce qu'il n'a pas l'assurance qui va avec, cette facilité instinctive à sourire de toutes ses dents en serrant fort la pogne des autres. Il a lu, étudié ce que son père lui a demandé d'étudier, il se sent prêt à en découdre, à s'amuser de ses dix petites années.

C'est l'effervescence dans la maison. Sa mère s'active et donne l'impression d'être partout à la fois. Il n'aurait jamais cru qu'on pouvait autant aimer un homme. Il n'y a pas amour plus absolu que cet amour, dont il est fier parce que ce sont ses parents et pas ceux d'un autre. Il la voit une fois encore contrôler la roseur de ses joues et la rougeur de ses lèvres, vite fait, en passant devant le miroir, avant de voler jusqu'au salon, pour gonfler les ballons, aligner les flûtes, épousseter la nappe, contrôler la propreté des fourchettes.

Et soudain, il comprend.

Il ne sait pas de quoi il s'agit, mais c'est une évidence, toute cette agitation prépare un événement dont il n'a pas connaissance. Il espère que c'est pour lui, qu'il est le centre de ce désordre organisé qui s'étale sous ses yeux. Mais la profonde tristesse qu'il lit dans le regard de sa tante, la noirceur contenue dans sa prunelle un peu humide lui donne mal au ventre tout à coup.

Les portières de la voiture claquent devant le garage de la maison. Tout se met en branle. Roger écarte le rideau de la salle à manger, pour admirer son père dans l'ombre, avant qu'il ne pénètre la lumière. C'est là qu'il remarque une petite main glissée dans la grande. La petite main a un bras, des épaules, une nuque et une tête pleine de cheveux noirs et frisés. Papa a ramené un enfant. *C'est ça, mon cadeau ?* Il tend sa nuque le plus loin qu'il peut pour apercevoir l'ensemble. Son père a l'air gêné ; de son autre main, il caresse le poignet de l'enfant qui lève la tête vers une personne devant lui. Alors le père s'agenouille et glisse une chose à l'oreille de l'enfant qui acquiesce, et Roger se demande ce que le cerveau peut comprendre quand on est si petit. L'enfant baisse la tête. Roger saisit que la grande personne en face de lui s'est accroupie, elle aussi. C'est sa mère. Il ne la voit pas mais il reconnaît le bas de sa robe et ses hauts talons vernis. Elle se penche vers le petit garçon et l'embrasse sur la joue.

Sais-tu ce qu'est un cœur qui cogne trop fort dans la poitrine, petit frère ?

Son cœur lâche si soudainement que ses jambes s'effondrent. Il n'est pas bête, Roger, il ne connaît pas encore la nature exacte de la trahison, mais il a compris qu'on lui a fait un enfant dans le dos. Il se relève, alors, et il attend, debout devant la porte, habillé de cette gravité et de cette dignité qu'on lui a inoculées dès ses plus jeunes années. Il écoute son cœur qui bat à tout rompre et il a encore le temps de penser, pendant que les pieds piétinent le pas de la porte, qu'elle est jolie, la mélodie d'un cœur qui s'affole.

Il sait qu'il n'y aura pas d'anniversaire.

Il y aura du semblant. Entre gens policés et de bonne compagnie.

La porte s'ouvre sur deux billes noires qui ne sont pas surprises de tomber sur lui. Roger songe que, décidément, personne n'est surpris sauf lui, dans cette famille. Les deux billes noires s'avancent à mesure qu'il recule. C'est son père qui rompt le silence.

— Il désire juste faire ta connaissance.

Roger contemple l'homme en face de lui comme s'il le voyait pour la première fois. C'est qui, cet homme qui dit être son père et qui arrive le jour de son anniversaire avec un autre enfant dans les bras.

— Il s'appelle Nicolas. Il a cinq ans.

C'est sa mère qui parle, comme si son père avait perdu le courage et l'éloquence dont il s'est targué toute sa vie. Elle lui raconte l'histoire de cette femme partie trop tôt pour rejoindre ses ancêtres au ciel, et ça l'exaspère, cette manière d'user d'euphémismes pour décrire la réalité sous prétexte qu'il n'a que dix ans. Ça l'énerve, cette manière délicate de vouloir le protéger alors qu'on lui a collé la vérité sous le nez, une vérité avec des bras, des jambes et des pieds, sans lui demander s'il n'aurait pas préféré un joli dessin ou une jolie photo, ce qui aurait été une délicatesse plus adéquate. Alors, puisqu'on en est là, il la veut la vérité, tout de suite et toute crue, quitte à le payer plus tard :

— Et c'est ton fils à toi, c'est ça ?

— C'est ton petit frère.

La réponse est habile, il doit le reconnaître. Il a compris qu'aujourd'hui, la réalité devait être atténuée, les mots plus doux, si doux, que c'est à peine si l'on a conscience que c'est un Boeing 747 qui vient de nous percuter en plein poitrail. On va lui demander de l'aimer, de le choyer, de faire sien ce frère sorti de nulle part, et tandis qu'il lorgne du côté de la grande table dressée pour l'occasion, il se demande s'il a envie d'ouvrir ses cadeaux. Le « petit frère » s'avance vers lui avec un avion en papier dans les mains. Il le lui tend comme une offrande, *Prends ce que je t'offre, c'est la preuve que je ne veux rien te prendre.* C'en est trop, pour Roger. Il tourne les talons et disparaît dans le couloir qui mène à sa chambre, laissant l'enfant les bras en l'air et les adultes, les bras ballants. Il sait qu'il le paiera cher, que son père va surgir pour laisser éclater sa colère. Mais il ne peut rien offrir d'autre qu'un silence poli et ferme. Il ne peut rien faire d'autre que serrer ses bras autour de ses jambes et poser sa tête sur ses genoux, dans une position fœtale qui lui fera oublier, pour un temps, la grande table dressée, les cadeaux et les gâteaux, le petit garçon qui peut-être en mangera et dont il n'a pas encore entendu le son de la voix.

Mais c'est sa mère qui débarque, aussi silencieuse qu'une danseuse étoile, les pointes sur le parquet. C'est dire l'ampleur de sa culpabilité.

C'est elle qui lui demande ce *doux sacrifice*, accepter ce petit frère comme une providence, lui qui était si seul. Accepter cette *chère petite âme* qui, à présent, fait partie de la famille.

Il en est sourd tant ses oreilles bourdonnent. C'est trop pour un seul corps, le tout petit corps d'un môme de dix ans qui n'a pas assez de larmes dans sa cage thoracique. Ça explose de partout parce que tout pue la trahison. On ne peut pas aimer sur commande, il le sait, du haut de ses dix petites années. On peut tout au plus faire des efforts, faire des risettes, comme les tantes, partager les jouets en grinçant des dents, aller à l'école ensemble en glissant la paume tiède dans la main, trop tiède pour qu'on aime ça. C'est comme nager la brasse dans une boue épaisse, se dit-il en tentant de ne pas compter les battements du cœur de sa mère contre son oreille.

Et puis tout se met en place, comme les pièces d'un puzzle dont on ne pouvait voir l'image, tant qu'il n'était pas assemblé. La chambre d'amis qu'on ne cessait de retaper, dans laquelle on faisait de sempiternels va-et-vient avec des sacs et des cartons entre les bras. Il s'en veut de n'avoir jamais eu la curiosité d'aller y jeter un œil. Il s'en veut d'avoir considéré que c'était les affaires de sa mère, que c'était son problème, cette obsession pour la décoration. Il sait, à présent, qu'il s'est tenu en retrait de la trahison qui se déroulait sous ses yeux, alors qu'il aurait suffi d'ouvrir la porte pour ne pas être pris au dépourvu, le jour de son anniversaire.

— En fait, ce n'est plus une chambre d'amis, n'est-ce pas ?

— Non, Roger. C'est sa chambre à présent. Mais tu m'as regardée faire de loin sans jamais me poser la moindre question. Alors je n'ai rien dit.

Elle est donc là, l'explication. Il aurait fallu qu'il pose les questions. Il aurait fallu que du haut de ses dix ans, il demande des comptes et exige des explications. Il aurait fallu que la démarche vienne de lui, parce que les adultes, trop timorés, ou trop lâches, n'avaient pas leur conscience pour eux, que c'était trop ardu, ce gigantesque pas à faire vers l'enfant. Alors, c'est au petit garçon de le faire seul, ce pas de géant.

Il sait, Roger, même s'il n'en a pas encore une conscience claire, que sa perception du monde vient de changer. La vie est ainsi, pragmatique et opportuniste. Parfois inconséquente dans les virages qu'elle prend. Il ne peut pas encore le formuler, parce que c'est un concept à peine formé dans son esprit qui se tord et s'imperméabilise, mais il entrevoit que c'est l'acte fondateur de sa vie future. Demain, c'est un autre Roger Leroy qui se réveillera. Tout sera passé au crible d'une vue désormais affûtée. Il n'aura de cesse de scruter les gestes de sa mère, de peser sa tendresse à l'aune de cette arrivée. Il n'ignore pas qu'il a cinq ans de plus que le petit. Il se doute, mais il l'excuse, qu'il y aura de la place pour la jalousie. Elle sera légitime, cette jalousie. Si ses parents avaient voulu qu'elle n'existe pas, ils s'y seraient pris autrement. S'ils avaient voulu de l'amour, ils auraient préservé son anniversaire. S'ils avaient souhaité que dans son cœur ne naisse pas une haine lumineuse envers ces boucles trop frisées, ils l'auraient pris par la main pour lui montrer la nouvelle chambre en préparation.

La jalousie est née du fait accompli.

Le petit était trop beau, trop pur, trop ressemblant au père pour que la jalousie, multiple et changeante, aussi agile qu'un vermisseau qui fait son trou dans une pomme, ne vienne pas aussi de là. Cette saloperie de jalousie a creusé son trou, a mordu profond et n'a plus jamais lâché.

Et le souvenir net de lui assis sur le canapé familial, une fois calmé et revenu de sa chambre, le souvenir très précis de sa pensée intime, celle que nul des présents n'a entendue, encore moins l'enfant fraîchement débarqué : *Aujourd'hui je n'ai pas dix ans.*

Cette pensée aura persisté tout au long de son adolescence comme une maladie qui met trop de temps à guérir, s'aggravera à chaque anniversaire où il fera semblant d'aimer le gâteau trop crémeux, les cadeaux transparents, le rire affecté du père qui garde en mémoire la tache initiale mais n'en parle à personne. Ce père incapable de regarder son fils sans soupeser la colère et la déception dans son regard qui préfère laisser enfler la sienne de son côté, histoire d'être à égalité. Se dire qu'à tout jamais, nous aurons perdu une année. Dix ans à la place de onze ans, onze à la place de douze, douze à la place de treize, et jouer à ce petit jeu de dupe avec soi-même jusqu'à la majorité. Se dire, *Enfin je suis adulte.*

Jamais je n'ai eu dix ans.

Le souvenir de la débâcle.

Le souvenir de la perdition.

Cette impression latente qui ne le quitte pas, même après les décennies passées à bâtir sa forteresse, brique par brique ; l'impression d'avoir été volé.

Oui, l'impression, vivace encore adulte, d'avoir été spolié ; de ses parents, de sa maison, de cet amour d'enfant unique perdu brutalement, sans que personne crie gare, sans que personne trouve rien à y redire.

L'impression délétère d'un roman à quatre mains, d'une partition parfaite sur laquelle un chef d'orchestre mégalomane aurait gribouillé ses propres fantasmes.

*

Nicolas, lui, choisit de vivre, de ne pas boitiller, non, de ne pas pleurer en frottant son genou égratigné, de ne pas se moucher fort en attendant que la vie nous apporte son lot de consolation. Parce qu'il a compris, Nicolas, il l'a compris très tôt, un jour d'anniversaire qui n'était pas le sien, que l'amour n'est pas un présent que l'on reçoit facilement, qu'il faut gratter fort, parfois, pour en déterrer les souches enfouies et qui ne se laissent pas aisément empoigner. Nicolas n'a pas de credo, si ce n'est celui de marcher. Ce frère dont il a rêvé n'est pas venu. Un autre est là, tout pareil physiquement, il a dans ses yeux la lueur du renoncement. Nicolas n'a pas encore compris que sa volonté a planté sa racine au cœur de son ventre, le jour où sa mère a été mise en terre, le jour où l'homme, qui se présente, une à deux semaines par mois, comme son père, l'a pris par la main pour l'emmener à quelques centaines de kilomètres de sa tombe, dans une maison où l'on fêtait un anniversaire.

38

Lire dans le regard du grand gosse en face de toi, *Non, tu n'es pas mon cadeau.*

Se rendre compte, en tendant l'avion fait à la hâte sur le siège arrière de la voiture, que même nos pas sur le parquet ciré sont de trop. Qu'il y aura beaucoup d'autres anniversaires auxquels on ne sera pas le bienvenu. Qu'importent les joues, les pommettes, les épaules carrées, les nuits et les nuits passées à dormir sous le même toit, tout cela pour comprendre que le grand frère ne pardonnera jamais le premier anniversaire.

Nicolas sort de la voiture, la main glissée dans celle de cet homme qui l'impressionne plus qu'il ne l'aime. Tout lui semble grand, démesuré ; l'immense maison blanche, les quatre femmes qui le scrutent sur le pas de la porte tandis qu'il entraperçoit, et il est bien le seul, deux doigts et un œil qui l'observent en toute discrétion de derrière un rideau, au rez-de-chaussée. Il a envie de courir tant il a une conscience aiguë qu'une place pour lui doit se jouer ailleurs, aurait dû se jouer ailleurs. Il est la fameuse goutte d'eau surnuméraire, la cerise gênante d'un gâteau instable sur sa base.

La femme lui dit en lui prenant la main :
Viens, je vais te montrer ta nouvelle chambre
Je l'ai préparée rien que pour toi
Avec amour.

Il se murmure que sa mère aurait été drôlement jalouse d'une comédie pareille, quand cette toute nouvelle maman lui offre un cœur constitué d'une armoire et d'un lit d'enfant. Il se dit que des parents tombent à ses pieds comme ça, telle une pomme trop mûre dégringole jusqu'au sol et se heurte aux talons. C'est trop gros pour être vrai, il va se réveiller, et ce n'est pas ce regard noir qui le déshabillera, mais celui de sa mère qui n'a jamais eu le moindre cancer. Parce que tout ça, c'est faux. Ça ne peut pas exister en vrai.

La panique monte, des nouveaux murs, des cadres inconnus, du couloir trop grand, des trop nombreux adultes, du petit garçon pas content, de la haine qui monte, la jalousie, la crainte, les regrets, le dépit. Il a envie d'uriner depuis une heure, mais il a peur de baisser son pantalon dans des chiottes inconnues qu'on présente comme étant aussi à lui. Une pensée l'effleure, tout à coup, même si elle est fugace, qu'il avait une maman dont la passion était si dure qu'elle n'avait pas peur des gros mots. Chiottes, froc et merde aux autres… Avec ce papa lointain, bruyant mais un tantinet *prout prout* qui aimait bien les lèvres de son amoureuse quand elle ne prononçait pas les mots des bouches d'égout.

Et si sa voix minuscule laissait fuser un *Allez tous vous faire foutre*. Mais il se contente d'avancer avec cette sensation de brûlure, contre son dos et en lui, lorsqu'il sent le regard de son frère peser sur ses épaules. Ça va pas être facile de se faire aimer, sur ce coup-là.

Devenir beau, devenir grand, devenir fort. Ne plus percevoir la laideur qui s'étale à l'intérieur. Sentir ce que le père aime chez ses deux fils, diamétralement opposés, sentir à quel point le père, sans le vouloir, n'a eu de cesse d'attiser la haine, en rallumant chaque fois dans la cheminée les braises qui n'étaient pas tout à fait éteintes.

La force physique de l'un, la pénétration d'esprit de l'autre,

Luminosité contre ténacité,

Esprit de corps contre instinct solitaire.

Et sentir qu'on se déchire, qu'on cultive dans cet amour le désir d'être l'autre, au lieu d'aimer les qualités et les défauts qui font de nous ce que nous sommes ; attachants, agaçants jusqu'à l'extrême et aimants.

Sentir qu'on a envie que le vieux crève de dépit. Cultiver en nous nos qualités les plus noires, les plus marginales, pour lui faire regretter de ne pas avoir su choisir entre deux femmes. Et Roger mord à pleines dents les articles du Code civil, les suce jusqu'à leur substantifique moelle, ronge jusqu'à l'os les heures les plus creuses de la nuit, se crée petit à petit un monde sans compromis où chaque règle participe à l'ordonnancement d'une société à la colonne vertébrale bien droite. S'imaginant être le détenteur de la bonne morale, croyant faire partie du clan des forts, ceux qui savent qu'on se doit parfois de faire le mal, pour que le bien triomphe. Il observe ce demi-frère (et il insiste sur cette demi-part) qui se complaît dans

41

son tempérament artistique, avec ses études de musicologie, son groupe de rock, ses pastels et ses pinceaux qu'il coince jusque dans ses putains de cheveux mi-longs. Et ne pas se rendre compte que l'on glisse dans le cliché, dans la mise en cage des humains pour enfin se tenir face au monde avec un peu moins de courbatures dans les épaules. Et Nicolas, lui, regarde du coin d'un œil rieur, avec la même efficacité de jugement, ce frère blême devant son éternel Code civil, aussi mort à l'intérieur qu'un khâgneux un peu trop sûr de ses capacités, creusant pour toujours le trou de leur amitié fraternelle.

Comment ça a commencé, comment ça s'est terminé

C'est ainsi que ça a commencé.

Par une discussion sur l'usage de la mort. Qui meurt, qui vit, *quid* de la Justice, de la Vengeance, ce qu'on pardonne, les absolutions qu'on ne donnera jamais, les souffrances inacceptables et celles qu'on pourrait envisager d'administrer. Jusqu'où peut se tendre une main violente, quand peut-on s'arroger le droit de punir à l'extrême ce que l'on estime impardonnable.

Par une discussion qui mènerait chacun à des convictions intimes qui ne se troquent pas, lors d'un repas familial ennuyeux à mourir.

Une décennie.

Voilà ce qu'il faudra. Une décennie de conversations plus irrespectueuses et insultantes les unes que les autres, une décennie à pousser les débats houleux jusqu'au bord du chaos, à se forger des convictions au scalpel à coups de haine et de mépris.

En une décennie, l'idée du meurtre légitime dans des conditions politiques et morales encadrées par la Société germe dans l'esprit de Roger.

En une décennie, il y aura la démocratie vacillante, la colère d'un peuple qui voit la Justice qui se retire parce qu'elle a peur de frapper fort sans frapper juste.

En une décennie, les deux frères auront manqué d'amour mais n'auront pas manqué de ces convictions qui créent un hiatus tranchant comme la lame de la guillotine.

*

Chaque jour, Roger se lève avec une conscience plus précise du chemin qu'il a à parcourir. Il enfile sa robe de magistrat, fait défiler les affaires avec un impitoyable sentiment de déjà-vu. La précision chirurgicale qui est la sienne lui fait parfois peur mais il lui arrive de l'appeler son *don de vision*. Il sait où mènent ces affaires, il sait comment elles commencent, comment elles finissent. Au fil du temps, les conversations avec son frère ont poussé, grandi, jusqu'à devenir un monument de convictions inébranlables. Chaque crime mérite son châtiment. Oui, la mort appelle la mort. Oui, il est possible d'abréger la vie d'un nuisible qui a détruit une vie.

Cette évidence ne naît pas telle une pierre brute à peine taillée. C'est un lent travail de l'âme, une accumulation de lectures et de rancœurs, un magma dans un esprit qui ne se rend plus compte que la passion grandit en lui en même temps que la raison.

C'est un jeu d'enfant qui a mal tourné.

Le père, piqué par cette curiosité vive et partagée, y voit un moyen de se rapprocher et de dialoguer, il pousse le débat le plus loin qu'il peut.

Il hante les bibliothèques.

Achète les livres.

Scrute les archives de l'INA.

Remet le sujet sur le tapis dès que l'occasion se présente ; les anniversaires, les banquets, les fêtes de Noël et de Nouvel An, les mariages et les sorties familiales.

C'est ainsi que sans le vouloir, sans en avoir conscience, aiguillé par son désir d'échange avec ses fils, il acquiert une solide et durable réputation de poil à gratter. Il est le perpétuel provocateur, celui qui relance le débat sur la frontière entre le bien et le mal, sur l'équilibre entre celui qui tue et celui qui doit être tué, et, en point d'orgue, sur l'utilité qu'il y aurait ou non à rétablir la peine de mort.

Pour sa part, il ne voit en ses fils que deux lionceaux qui jouent en se jaugeant l'un l'autre, que l'ancestrale concurrence fraternelle, faite d'échanges musclés et de beaucoup d'émulation. Il ne voit pas que l'amour est là, quelque part, mais sur le point de s'éteindre sous des tonnes d'arguments et de contre-arguments, sous le poids de livres anciens qui ne leur apprennent rien de la manière de se comporter en tant que frères. Sous prétexte d'impartialité, il tente de se donner le beau rôle, sans être sûr de vouloir vraiment ressusciter les débats sanglants de la guillotine. Ces interventions maladroites viennent de ce que le vieux père ne sait pas bien comment on aime, lui qui a fondé deux familles à plus de cinq cents kilomètres l'une de l'autre. Il triture les liens du sang pour gommer les aspérités, le superflu, les discussions trop âpres pour n'être qu'un simple jeu intellectuel. Il ignore qu'il n'y a rien de pire que ce l'on appelle « une famille », si l'on y fait entrer l'amour à coups de pied dans les côtes.

Et puis un jour, tout dérape. Parce qu'on a beau cultiver l'amour de la musique ou l'amour de la loi, les arguments poussés à l'extrême finissent par attiser la haine.

C'est un soir de fête où les cocktails sont un dangereux mélange d'alcool, de concurrence et de fierté mal placée, de névroses qui se développent à mesure que l'on évoque l'avenir avec le père au cœur de l'équation. C'est un soir où les amis communs sont là et où les gin tonic pourraient faire oublier un peu dame guillotine omniprésente entre deux frères qui préféreraient crever plutôt que de prononcer les mots *Tu es mon frère et je t'aime*. L'appartement est grand, on peut facilement ne pas se croiser, à condition de choisir avec soin les amis qui nous accompagneront au long de la soirée. Si l'on se croise, ce n'est plus l'affaire du destin. C'est une respiration. Se mesurer à l'autre, toujours, briller en société en détruisant cette entité qui nous menace, quand bien même ce hiatus personnifié est votre frère. Le sentiment de devoir briser l'autre est inscrit trop profondément, la fracture est devenue trop aiguë pour que lorsque l'on se trouve dans un même lieu, où l'on respire le même oxygène, la soirée se termine comme elle avait commencé. Dans ces lieux, on rencontre ceux qui n'y viennent que pour semer la discorde. Ceux qui, lors des soirées de beuveries, savent laisser filer le mot qu'il faut, celui qui provoquera l'explosion. Le mec en troisième année de droit qui adressera son clin d'œil à sa bande affalée sur le divan, parce que le « musicien » est arrivé et que le spectacle va pouvoir commencer. L'un d'entre eux repère Roger, à l'autre bout de la pièce, qui se sert un verre de chardonnay. Il suffit de trouver la bonne accroche, en se pourléchant les lèvres, parce qu'on sait que le futur procureur pétera un plomb dès qu'il entendra la voix de Nicolas. Tout le monde sait que la jauge est pleine, qu'il ne faut plus grand-chose pour que les deux frères en viennent aux mains. Pourquoi ne pas tenter le diable.

Et Paul prononce :

— Alors vous deux, le père, dans vos bisbilles, il donne raison à qui ?

Ça y est. Les éclats sont noirs dans les prunelles, dilatées à l'extrême. Le rouge monte aux joues, on serre plus fort le verre, la respiration se fait haletante, l'angoisse viscérale, l'excitation, la colère, la haine s'en donnent à cœur joie, on est prêt à en découdre, quoi qu'il puisse en coûter. Les jambes tremblent parce qu'ils vont bientôt se trouver l'un en face de l'autre ; pas question de s'invectiver à travers la pièce. Quand on est un homme, on réagit à la provocation, comme il se doit. Quand on est un homme, on brille dans l'argumentation, on est le centre d'un univers ordonnancé par les amitiés et les inimitiés. Quand on est un homme, on ne laisse pas l'autre avoir raison, parce qu'il n'y a que les pleutres qui argumentent à coups de *certes… mais*, la concession, c'est pour les faibles. La tension entre les deux frères, plus enivrante que tous les alcools du monde, est telle qu'on en oublie de boire. La perspective du combat, c'est se saouler d'absinthe pure, c'est voler au septième ciel sans avoir besoin de coucher avec une femme. La douleur qui tord les ventres est à son paroxysme mais c'est bon d'avoir mal ; c'est la souffrance instinctive de l'animal, celle qui nous rapproche le plus de la nature. L'excitation du sang qui coule, des corps qui se serrent pour mieux se mordre, s'écorcher, pour faire de l'autre une plaie vive. C'est une drogue forte.

Nous n'en sommes plus aux articles du Code, à la défense des règles les plus élémentaires de la civilisation, nous n'en sommes plus à la clé de *sol*, au

Requiem de Mozart, aux accords en *fa* majeur ; l'harmonie du poing sur les pommettes et les orbites suffira. Ils distribuent les coups en hommage aux anniversaires manqués et perdus, ils s'abîment les chairs pour tenter de rassembler un amour maternel découpé en petits morceaux, des bribes de cet amour paternel distillé dans les livres et les débats argumentés. Ils se tapent dessus pour oublier que les dés étaient pipés, que les cartes avaient été tirées à l'avance, et qu'il n'y avait aucune chance qu'ils puissent vraiment s'aimer. Alors ils se cognent tant et plus que les spectateurs oublient qu'ils étaient venus pour boire.

Il n'y aura plus que le regret et l'impossibilité de revenir en arrière.

Aucune demande de pardon.

Pas de réconciliation possible.

Pas d'autre anniversaire.

Plus de père pour réclamer que ses deux fils se serrent dans les bras l'un de l'autre pour oublier ces querelles de gratte-papier.

Il n'y aura pas d'invitation à un mariage.

Il n'y aura pas de célébration de naissance.

Pas de félicitations quand le plus jeune enregistrera son premier album,

Quand le plus vieux sera promu garde des Sceaux,

Il n'y aura pas de rencontre fraternelle autour d'un repas quand le président de la République lui demandera d'investir la place Vendôme, et pas de petit frère pour dire que choisir de travailler avec ce président-là, c'est s'inoculer à petite dose le choléra.

Aucune mise en garde, parce que pour cela, il faudrait avoir du cran et éprouver la tendresse que demande le courage.

Roger ne se le cache pas, il sait que souhaiter la peine de mort, c'est envisager la mort de quelqu'un en particulier.

Parce qu'on a toujours à en découdre.

Il en est ainsi pour lui.

Il peut jouer la comédie devant les médias et devant ses collaborateurs. Officiellement, Roger en appelle à une foule de penseurs qui ont dialogué avec la peine de mort bien avant lui, et qui ont fait couler des litres d'encre noire sur du papier vieilli. Il marche droit, campé sur ses positions. C'est simple de faire croire au monde entier que nous sommes la voix de la raison. Le ministère crie à qui veut l'entendre que celui qui vient d'être nommé est l'incarnation de la *vox rationis*, respirant le Code civil comme d'autres fleurent bon le pastis. Il est l'image même de la confiance. Pourtant, entre deux portes, il se murmure que Roger a la haine chevillée au corps. Il se dit tout bas qu'il y a de la colère au fond de cet homme dans la force de l'âge, un investissement dans cette position politique qui va au-delà de simples convictions d'ordre spirituel ou philosophique. Il s'agit d'*avoir raison*, coûte que coûte. D'avoir raison sur la vie, sur les autres, sur quelqu'un en particulier… Ça, ses collaborateurs ne le savent pas encore mais ils ne ménagent pas leurs efforts pour établir la vérité. Il y a quelque chose de plus profond, mais le ministre est trop secret pour que l'on parvienne à déceler la véritable raison d'un tel acharnement. Il y a bien là quelqu'un qui a à en découdre.

Victorine, elle, ne s'y trompe pas.

Elle a flairé l'enfance mal digérée, la haine affleurante que l'on ne voudrait pas ressentir, mais qui ressort de temps à autre, comme ça, sans qu'on y prenne garde. Elle s'en moque pas mal. Elle sait lire les gens avec une puissante acuité, sans que ceux-ci s'en aperçoivent. Elle pense être suffisamment clairvoyante, lorsqu'elle contemple et écoute Roger, pour se rendre compte que les certitudes qu'il érige comme un étendard ne sont pas si sûres que cela. Mais il en est persuadé et c'est bien tout ce qui compte car de son côté à elle, ses certitudes ne font aucun doute et elle désire cette réforme autant que lui, de la manière la plus raisonnée qui soit. Il n'y a pas de frère, pas de larmes, pas de cadavres dans le placard. Il y a la passion et le pragmatisme chevillés au corps, l'opportunité de faire quelque chose d'incroyable, en compagnie d'un homme qui n'a pas encore pleinement pris conscience de son talent et de ses capacités. Elle le pousse, Victorine. Elle le pousse dans ses retranchements et ses vicissitudes les plus violentes, parce qu'elle a lu Voltaire, et a retenu que l'Homme, si intelligent soit-il, est aussi un être de pure détermination borné par ses passions. Pour mener à bien une telle réforme, elle a besoin d'un homme borné et passionné.

Vox populi

Roger pique un peu du nez mais il ne quitte plus
la feuille blanche qu'il a sous les yeux. Elle n'est plus
tout à fait blanche, d'ailleurs. Les premiers arguments se couchent sur le papier, désordonnés, dis-
gracieux dans leur fragile équilibre sur une page où
la moitié des mots est barrée, et l'autre soulignée
d'un triple trait rageur. Les mots dansent sur la
feuille sans ligne qu'il a arrachée d'un bloc-notes.
Son stylo tremble parfois, c'est que l'idée tarde à se
former, dans le brouillard opaque de la certitude de
son destin. Les mots viennent avec peine, ils sont
durs au labeur, ne lui laissent pas de répit. Ils n'ont
pas l'habitude d'être jetés à froid sur du papier. Ils ne
savent pas comment se comporter face à une telle
impersonnalité. Les mots de Roger ont l'habitude
d'une stimulation particulière : la volonté de réduire
Nicolas à une petite merde sans réelle profondeur de
pensée. Mais là, les mots sont seuls, personne pour

leur filer un coup de pied au derrière, personne pour leur dénier leur droit d'être à la place qu'ils ont choisie. Ils ont peur de ce front plissé au-dessus d'eux, trop pensif pour ne pas inquiéter, ils ont peur de ce stylo mâchouillé et de cette paume trop leste qui, à tout moment, pourrait froisser la feuille sur laquelle ils sont alignés.

C'est que Roger cherche autre chose.

Il ne veut pas de ces arguments éculés passés de bouche en bouche depuis l'Antiquité. Il se compare à Barrès, il voudrait avoir la même force, la même énergie dans le verbe, la même capacité virile d'argumentation. Cette voix qu'il imagine tonitruante, cette capacité à rebondir sur l'adversaire en prenant à partie les gens de son rang. Il s'imagine la scène comme au cinéma. Un petit côté Jean Gabin dans *Le Président*, ou Cyrano de Bergerac, tiens, un Dupond-Moretti du temps où il était avocat dans le prétoire, cabot comme Mitterrand, sautillant comme Belmondo dans *Un singe en hiver*. Plus qu'aux arguments eux-mêmes, il rêve à leur enrobage, à leur capacité folle de jouer le spectacle. Il sait combien argumentation et théâtralité sont un seul et même corps, inséparables dans leur efficacité. Jadis, il a assisté à des concours d'éloquence entre avocats, le concours de la conférence du stage du barreau de Paris, rivalisant de métier et d'ingéniosité, brillant devant un jury captivé qui parfois en oubliait les accusés et les victimes. Toute la force était dans la cage thoracique ou, au contraire, dans le plissé du

54

front sérieux. Les mains jointes et les épaules droites, en une supplique étudiée. C'était mieux qu'une tragédie en cinq actes. Il n'avait pas été le meilleur et il le savait. Paul, dans cet exercice, avait brillé, il avait – comme il se dit entre initiés – tutoyé les sommets. Dans son regard, dans ses poses qui paraissaient naturelles alors qu'elles étaient calculées, dans son phrasé, son débit, le choix de ses mots nerveux à la limite du familier. Il avait tout pour lui. Il prouvait sans ciller que l'habit fait le moine, que les frontières ne sont pas franchissables, que Dieu n'existe pas mais qu'on peut très bien défendre le contraire, que l'existence ne précède pas l'essence, que la raison n'est jamais pure.

S'il avait pu l'avoir dans son équipe.

Thibault et Victorine lui ont bien proposé quelques noms talentueux qui ont fait leurs preuves en tant que plumes et avec qui ils ont l'habitude de travailler : des écrivains, des agrégés, des énarques. Il reconnaît leur utilité, bien sûr, il veut bien à la rigueur quelques tournures de phrases élégantes jetées sur un papier, mais cette fois-ci, il n'ira pas plus loin. C'est sa réforme et ce sont ses mots. Il a conscience qu'il passera son temps à biffer, à rayer, à se mettre en colère contre des gens dont le talent n'est pourtant plus à prouver.

Ma galère, pense-t-il.

C'est ma galère et j'écrirai seul mon discours.

Il voudrait être ailleurs, à fêter son succès, ayant passé cette étape cruciale de l'écriture qui ne s'offre pas naturellement à lui, comme une maîtresse trop timorée. Il a tout à dire, tout est dans sa tête, flamboyant et précis comme un jet de pierre. Il lui manque la passion de la colère. Il lui manque le contradicteur, avec sa gouaille, avec sa belle gueule, celui que tu dois casser. Il se demande un bref instant où est Nicolas. Il s'autorise à penser à lui, le stylo suspendu dans les airs, parce qu'il sent confusément que cette manière de convoquer sa part d'humanité le rendra plus efficace. Il sent qu'il a ses qualités mais que la part mauvaise de ses rancunes d'enfant est un moteur puissant, là, tout de suite, pour combler la blancheur de cette feuille. Ce ne sont pas des choses qui se disent à haute voix, elles se murmurent dans sa tête, à l'abri dans son subconscient, parce qu'il se veut meilleur. Il ne veut pas s'avouer qu'il a besoin de ce stimulus, qu'il a sans doute besoin que la voix de son frère résonne dans sa tête. Il ne voudrait pas que Thibault ouvre la porte et le surprenne en pleine bataille avec des mots qui ne veulent pas tout à fait de lui.

Et il sent que ça vient.

La voix de son frère est là, dans sa tête ; tantôt frêle, son avion en papier minable et froissé, tantôt plus grave, son timbre un peu éraillé qu'il a travaillé – mariage harmonieux avec la guitare oblige. Cette voix qui lui dit, *Si un jour tu la fais renaître, ta guillotine, n'oublie pas de passer ta tête au-dessous. Il paraît que c'est rapide.* Ça fait naître une boule dans son ventre, elle stagne, tourbillonne au creux de

56

l'estomac, remonte dans sa gorge – il pourrait hurler
– mais elle change de trajectoire et parcourt les
épaules avant de se diffuser dans les poignets. Il sait
qu'il va écrire. Qu'il va réussir à donner vie aux
arguments qui dansent dans sa tête depuis tant
d'années. Rien n'y fait, et même si ça l'exaspère, sa
volonté d'agir est liée à Nicolas. C'est devant une telle
évidence qu'il se dit pour la première fois que, finalement, son père a bien travaillé. Il a mené sa guerre
intime, vu plus loin dans leur relation que ce que les
deux frères pouvaient imaginer. Il a hissé l'échelle
invisible qui mène d'un frère à un autre, et quelques
dents cassées n'ont jamais rien changé à l'affaire :
vingt ans après, l'échelle est toujours là, vaillante et
haïssable. Il connaît ce qu'il y a à l'autre bout de
l'échelle : Nicolas et sa défense des pauvres, tout
imprégné de Victor Hugo et de ses litanies détes-
tables, *Ouvrez des écoles, vous fermerez des prisons.*
Comme si seuls les pauvres finissaient la tête bloquée
dans la lunette, le corps allongé sur la bascule avant
que le couperet fasse son office. On y a bien passé la
tête d'un roi.

Ça germe, ça pousse, ça tente de s'extirper.

Il connaît son affaire. Inutile d'étouffer ses collègues sous une avalanche d'arguments dont ils ne
conserveront que la moitié. Deux ou trois suffisent,
choyés, caressés, fignolés à la virgule près. Deux ou
trois arguments qu'il aime de tout son cœur, qu'il
présente comme sa famille, et il entre dans l'Histoire,
il fait l'Histoire.

Roger est ailleurs, maintenant, il opère un retour dans cette lointaine adolescence, cette entrée dans l'âge adulte – dix-huit ans –, l'âge de tous les possibles où l'on se dit que nous y sommes, adultes et responsables de nos actes, alors qu'on est encore des gamins. Les images s'accélèrent, se bousculent dans sa tête ; celles de son père tapant sur la table quand le ton montait entre les deux fils, de son frère qui grattait ses cheveux bouclés quand il lui exposait ses théories, et cette boule d'exaspération dans son ventre quand il entendait les premiers accords de guitare. Et puis cette soirée de trop durant laquelle la bouteille de chardonnay a volé à travers la pièce, cette soirée de trop au cours de laquelle il se revoit saisir de sa main gauche la bouteille de blanc de blanc estampillée *Agriculture biologique*, et l'abaisser sur le coin de l'œil de Nicolas. Il le revoit partir aux urgences, l'arcade sourcilière éclatée, avec ce qui gît, mort et définitif, entre deux frères qui ne peuvent pas se pardonner ce geste de trop.

Son poignet s'agite, il retrouve tout ce qui lui plaisait dans l'opposition des théories de la « non-résistance face au mal [1] » et de la « virilité sociale [2] ». Il retrouve les mots clés qui l'ont toujours habité, à

---

1. Théorie portée par Tolstoï pour s'opposer à la peine de mort, et selon laquelle le sang versé ne doit pas donner lieu à un autre sang versé.

2. Théorie élaborée par Barrès durant les débats contre la peine de mort. C'est avoir le courage de mener des réformes ou de s'opposer à ce qu'on croit être dans l'air du temps.

58

savoir le courage, la haine de l'intellect trop victimaire, la force d'agir face aux tergiversations qui entourent l'idée de la mort elle-même, l'idée absurde selon laquelle le crime serait l'apanage des gens qui n'ont pas eu les avantages sociaux des *bien nés*. Persuadé que les scélérats du type Victor Hugo ou Tolstoï sont à mettre aux oubliettes de l'Histoire, eux qui ont fait tant de mal avec leur prêchi-prêcha mièvre et condescendant avec les coupables, lorsqu'ils appliquent leur adage ridicule : *humain trop humain*. Que de bêtises a-t-on faites au nom de cette Humanité dont on nous rebat les oreilles depuis Montaigne. Que d'occasions ratées de bâtir une société forte autour d'hommes forts, qui n'ont pas peur de relever leurs manches et de mouiller la cravate quand des décisions aussi radicales que la mort se présentent devant eux. Voilà où veut en venir Roger, voilà sa pierre de touche, son élixir de jouvence, lorsqu'il montera les quelques marches pour se présenter face à ses collègues de l'Assemblée nationale. Rassembler ses idées autour de cette valeur forte selon lui, selon les membres de son parti, selon le président qui lui a donné carte blanche : le courage n'est plus une valeur du XXIe siècle.

Il se sent galvanisé. Les lignes dansent sur la feuille tandis qu'une étrange sauvagerie agite son poignet. Qu'importe. Les idées sont là. Quelques ratures ponctuent sa pensée de moins en moins liée, il voit clair en lui, même si la feuille est aussi floue qu'une peinture contemporaine. Si Thibault ouvre la porte à cet instant précis, il est sûr qu'il le jugera. C'est qu'il ne peut pas comprendre. Nul ne peut comprendre les bouillonnements d'un cerveau proche de l'implosion, ne peut mesurer la force intérieure nécessaire pour tromper les tremblements du cœur et de la voix, pour atteindre au calme indispensable à l'être qui mesure son chemin par rapport à l'Histoire. Aucun de ceux qui entreraient dans cette pièce ne pourrait se rendre compte que le poids de la voûte céleste est parfois tellement lourd qu'il faut une béquille au grand homme, lorsqu'il prend la mesure de son être face à la masse colossale de travail qui l'attend. Lorsqu'il s'apprête à gravir la montagne.

Roger se pense en grand homme. Il ne fait aucun doute pour lui qu'il est en train de composer une nouvelle partition pour l'Histoire en train de s'écrire. Ce n'est pas le temps présent qui l'intéresse. Celui-ci sera chargé de venin, de coups bas et d'insultes. Mais le siècle qui suivra. Que dira-t-il de lui. Quelle figure historique s'inscrira-t-elle, dans les annales et les manuels scolaires, dans les émissions télévisuelles où l'on célèbre les météorites et les Atlas.

L'Histoire.

Voilà le mot qui le fait rêver.

Et sur sa feuille où les lignes se bousculent jusqu'à ce que les idées s'entrecroisent habilement, mêlant art et politique, on peut lire ces phrases jetées au cœur de la bataille :

J'incarne le courage politique des êtres qui se jettent dans la lumière.

*Je me jette au cœur de la mêlée et j'incarne
l'opprobre des gens perclus d'Humanité à ne plus
savoir qu'en faire.
Je ne suis pas de ceux qui pensent que les têtes qui
tombent sont uniquement celles qui n'ont pas eu le
temps de se bien remplir.*

C'est bon ce sentiment d'une tâche accomplie. Ça bat fort dans ses tempes, une fièvre qui monte et qu'il ne tente pas de contrôler. Il savoure l'effarement qui se lit sur le visage de Thibault lorsqu'il entre dans la pièce. Mais cela ne dure pas longtemps. Thibault n'est pas bête, son instinct politique déchiffre ce qui se joue sur le sourire qui barre le visage de Roger. Ça sent la victoire mêlée au désarroi intérieur. Parce qu'en aucun cas nous ne sommes en paix, après avoir monté la première marche de notre réussite. Malgré son jeune âge, Thibault comprend cela. Ça bouillonne, ça tempête, ça hurle de rage, d'impatience, de peur aussi. Rien n'est calme en soi après un acte aussi dévastateur que la réalisation d'un grand et long projet.

Roger tend tout d'abord les feuillets à Victorine. Il voit dans son œil la satisfaction qui est la sienne. Son discours est loin d'être parfait, certes ; un peu trop de technique, pas assez de figures de style. Mais c'est son discours et il peut s'en targuer. Sur ce point-ci, elle ne cherchera pas à le faire changer d'avis, ce serait peine perdue.

Thibault s'approche du bureau quand Victorine tend les feuillets vers lui. Quand il pose ses yeux sur le front crispé de Roger, il se demande où est la chute au bout de l'élévation. Il est fier pour eux deux, au point de rêver d'un trépas.

*

Dans le train qui le ramène à Paris, Nicolas lit la nouvelle dans le journal. La petite fille à la chaussette manquante porte un nom, ainsi que son meurtrier. Elle déchaîne les passions, cette histoire-là, bien plus que toutes les autres histoires de meurtres réunies. Et Nicolas ne tarde pas à comprendre pourquoi, lorsqu'il lit l'entrefilet concernant le projet de loi. Un court instant, il pose le journal sur ses genoux et observe les visages autour de lui. Il tente de se concentrer sur les conversations qu'il capte, et le sujet éclate, comme des bulles de champagne qui se répandent dans le wagon. La quasi-totalité des voyageurs a la même conversation. Ça emplit leur bouche, pleine d'inquiétude, de rage contenue, d'intérêt pour ce nouveau projet de loi porté par le ministre de la Justice. Quelques voix s'insurgent, aussi, mais elles ne sont pas les plus nombreuses. Nicolas ne sait pas s'il doit se réjouir qu'il existe encore des gens qui pensent comme lui en France, ou s'il doit pleurer à l'idée de faire partie d'une espèce rare en voie d'extinction. Où sera-t-il quand l'heure aura sonné, et qu'il faudra voter. Où seront ces gens prêts à lever le poing, assommés par la vie, un peu saouls de cette existence où l'on te demande de choisir, entre deux tasses de café, qui doit vivre et qui doit mourir. Quelque chose suffoque en lui quand il les observe, ces gens qui discutent peine de mort, immigration, guerre civile, gilet ou foulard. Il a du mal à respirer, à l'idée que l'on puisse aussi facilement discourir sur un cœur qui bat et qui, dans la seconde suivante, ne battra plus, sans que cela provoque un battement de cil. Nicolas ne se sent plus de ce monde, tout à coup.

Qu'aurait pensé sa mère.

Il se replonge dans le journal et sait que dans l'instant où son frère mène les débats à l'Assemblée nationale, depuis quelques petites heures, le meurtrier de la petite fille à la chaussette manquante a les menottes aux poignets. Il ne dira rien. Il reste son frère. Ce n'est qu'un curieux hasard qui fait mal les choses. Mais son estomac est lourd d'un pressentiment qu'il ne s'explique pas. Son corps a peur, sans qu'il puisse distinguer l'origine exacte de cette peur. De quoi peut-il avoir peur, pour quoi ou pour qui peut-il avoir peur. Il se sent comme ces pions sur l'échiquier qui semblent ne servir à rien et qui pourtant sont des pièces essentielles pour sauver les plus importantes. Il sait qu'il est au cœur d'une machinerie dont il sent le mécanisme instable ; il sait que de toute manière il est dans la tête de son frère.

Il doit pourtant accorder foi à son instinct, qui l'a rarement trompé. Une boule stagne dans son estomac alors qu'il a tout pour lui : sa carrière est en pleine ascension, il assure la première partie de concerts d'artistes confirmés ; c'est comme un coup de fouet de la main invisible du destin. Celui-ci lui a toujours murmuré, *Méfie-toi des roues qui tournent*. C'est peut-être la crainte d'une ascension trop rapide, la peur de décevoir au bout du compte, l'appréhension de n'être qu'un phénomène de mode vite oublié après quelques titres rock qui fonctionnent bien. Mais en fait, non. S'il s'écoute, s'il prend le temps de lire ce qui broie ses entrailles, il sent une autre peur qui s'installe en lui. Mais peur de quoi. Il n'en détermine pas le sens. Et ne le déterminera que dans le moment où il ne sera plus possible d'y échapper.

Le titre est racoleur. Tout le monde s'accroche à cette chaussette manquante comme jadis on pleurait avec le journaliste qui scandait en début de journal, *La France a peur*. Mais dans la France d'aujourd'hui, où les frontières entre fiction et réalité sont de plus en plus transparentes et nébuleuses, qui donc pour s'émouvoir de symboles aussi outranciers qu'une chaussette de petite fille morte retrouvée sur un sentier avec, encadrée à ses côtés, la tête du meurtrier présumé. Juste sa tête.

Combien de mères de famille voteront pour la peine de mort, en pleurant à chaudes larmes sur la chaussette rose en photo. Nicolas sait qu'une image vaut mille mots et que certains drames tombent plutôt bien. Il ferme les yeux et imagine son frère à la tribune, brandissant le journal comme d'autres ont brandi la Bible, secouant les tripes des députés comme un autre, jadis, les a secouées à l'aide d'une image forte et éternelle : *Prenez le corps d'un homme vivant et coupez-le en deux morceaux.* Ce qui émeut et choque est aussi vacillant et instable qu'une vague secouée par la tempête.

Nicolas découpe l'article, le plie et le met dans sa poche. Il a besoin d'y réfléchir. Il a besoin du contact de cette feuille de papier contre sa cuisse pour s'imprégner de ce qui remue cette société, comme une cocotte-minute oubliée sur le point d'exploser. Il tente de calmer comme il peut le tourbillon niché dans son estomac en se souvenant que ce soir, il est invité à une fête et que la vie se situe là, à boire et à discuter entre gens de bonne compagnie, mais rien n'y fait, l'angoisse est là : l'angoisse de quoi.

Sur le quai de la gare, il se demande un instant la tête que ferait Roger s'il lui prenait l'envie de lui rendre visite. Ça le fait sourire, parce qu'il a conscience que rien ne pourra jamais les rapprocher, ni les succès, ni les échecs, ni les mariages, ni les divorces. En hommage à un blanc de blanc reçu sur le coin de la gueule, Nicolas s'en va trinquer à la résistible ascension de Roger Leroy.

*

À la sortie de l'Assemblée nationale, Roger sent comme un goût d'orage se répandre dans la rue. Il va pleuvoir, l'air est saturé de cette odeur caractéristique qui s'échappe des plaques de bitume ; elle excite toujours un peu, cette odeur, surtout les jours d'été.

Il n'y en avait pas beaucoup dans cet hémicycle, des contradicteurs de talent capables de lui couper la chique. Ça se contente de huer et de faire des mimiques de singe en observant ses camarades essayer de placer quelques bons mots que pas grand monde n'écoute. Parce que c'est devenu ainsi, dans l'hémicycle : se cambrer quand la caméra de LCP Public Sénat passera près de votre visage, histoire de montrer qu'on est présent et que notre gueule en vaut la peine, quelques huées entre deux parties de solitaire sur le portable, quelques remarques sexistes aux femmes qui s'imaginent qu'on a le droit de porter des jupes en toutes circonstances, leur souligner qu'elles ont un beau collier mais un QI de pervenche. Roger soupire. Comment ne pas partir gagnant. Ne pas vendre la peau de l'ours avant de l'avoir tué, certes. Mais Roger sait qu'il lui faudra du temps avant de se sentir fatigué. C'est un bon signe : une énergie croissante au lieu de s'éteindre avec l'accumulation des jours. C'est un très bon signe pour l'avenir. Un avenir qui lui donnera raison.

Les chaînes d'information vont diffuser en boucle des extraits de sa prestation, accompagnés des éternels débats qui suivent les allocutions et les présentations de projets de loi. Roger a envie d'être dans chaque foyer, d'écouter à toutes les portes, d'être à toutes les tables de dîner où l'on parle politique, de se faufiler entre les canapés où l'on critique les commentateurs et les politiques en sirotant son ballon de rouge. Cette sensation désagréable de la limite physique des hommes, de ce corps incapable de se projeter et qui te condamne à l'attente, cette désespérante, angoissante attente, alors que tout se joue durant des heures cruciales où tu n'es rien d'autre qu'un corps soumis à l'attraction de la Terre.

Alors Roger joue son va-tout. Il sort de sa manche son atout le plus précieux. Il sait qu'à l'heure de la réforme, dans ce siècle où tout change, il pourra lui demander n'importe quoi.

Ce soir, il s'agira de faire la tournée des bars.

Thibault n'est pas contre, du moment que ce n'est pas de son portefeuille que sort l'argent pour picoler, même si c'est pour prêter l'oreille à une juste cause. Grand prince, il s'envoie le meilleur comme le pire, des bars PMU aux cafés branchés, et il sait, d'une certitude que n'importe quel cynique peut partager, que la conviction de la nécessité de la peine de mort sera identique, qu'importe le *lieu social* dans lequel il boira. Il le sait, parce que la peur a atteint toutes les strates de la société, et à chaque bar à vin, à chaque brasserie, à chaque café ou cognac en terrasse, les mots clés sont toujours les mêmes : terrorisme, pédophilie, complots, insécurité.

Partout, le sentiment de perdition est rampant.

Ophélia King

La mauvaise herbe.

C'est ainsi qu'on la surnomme, Ophélia, *la mauvaise herbe*.

Vingt-cinq ans, peroxydée, tatouée, camée parfois. Pas les jours où il faut écrire, pas les jours où il faut compter sur la lumière en soi. Ophélia écrit de l'or quand elle se sent capable de se reconnecter à la vie. Elle oublie les temps de givre durant lesquels il faut squatter les trottoirs vides, elle pense aux mots, à leur danse parfois superficielle pour s'accorder au rythme d'une mélodie. Elle songe au jour où son nom s'inscrira sur la pochette d'un album, sur le générique d'un film, sur un écran noir, au cinéma.

Elle n'a pas encore rencontré Nicolas.

Elle ne sait même plus comment elle a réussi à entrer dans son cercle. Elle met ses poèmes en musique et les diffuse en ligne. Sa voix n'est pas très belle, elle le sait, ce n'est pas son atout principal.

Mais elle sait écrire, c'est indéniable. Elle a une plume, elle veut l'offrir aux autres, elle veut la musique qui l'accompagne. Elle n'envisage rien en dehors de ce tout petit avenir aux portes presque closes, quitte à se gaver de pâtes midi et soir.

Nicolas, elle ne le connaît qu'à travers le son de sa voix. Elle le verra ce soir, et ce qui la fait vibrer, c'est l'opportunité de lui offrir un texte. C'est tout ce que souhaite Ophélia ; être la parolière de Nicolas Lempereur.

La mauvaise herbe a tout quitté très tôt ; l'école, les parents, le luxe d'un quotidien agréable et sans encombre. Elle a tout quitté, sauf ce qui germait en elle, ce qui croissait si fort et si vite que les menaces des cartons Ikea à même le béton froid, dans une ruelle où les lampadaires ne sont pas toujours en bon état, n'ont pas su effrayer. Ce soir, c'est comme si ces courtes années de trottoirs maculés de pisse, ces siestes à l'arrière des voitures ou dans de petites chambres d'hôtels, ces nuits d'auto-stop avec le risque de finir allongée de force dans un fossé d'un obscur patelin perdu dans la campagne n'avaient jamais existé. Tout cela compte peu, quand on touche, même du bout du doigt, ce cheminement de toute une vie, si courte soit-elle.

Elle observe ces visages aperçus à l'écran, elle se prend à rêver. Si ce soir, c'était la première porte ouverte. Être parolière, être scénariste, voir son travail s'épanouir, comme on se faufile dans un couloir étroit et saturé de monde. Si ça se jouait maintenant.

70

Elle saisit une flûte de champagne et observe les autres femmes présentes. C'est féminin, cette manière de se comparer sans cesse, de se rassurer ou de se dénigrer, en cherchant dans l'autre, la blonde, la brune, la pulpeuse, la sèche, de quoi nous armer ou nous désarmer. Elle ne se sent pas désavantagée, elle a l'avantage de la fraîcheur, certains diraient, la candeur. Mais elle est neuve et porte un regard neuf ; elle sait que ça compte. Alors ce soir, c'est son soir. Elle compte achever cette soirée avec la promesse d'un contrat.

Ce qu'elle ignore, Ophélia, ce qu'elle ne peut imaginer, c'est que le Destin seul décide des cartes à jouer. Elle ne sait pas que l'apothéose de sa vie est arrivée et que le grand huit touche à sa fin. Elle ignore, et c'est tant mieux, que sa mort, imminente, est la prémisse à d'autres morts. Elle se contente de fixer la porte qui s'ouvre sur Nicolas, tandis qu'autour d'elle, tout le monde applaudit, tandis qu'autour d'elle, la bonne humeur des gens un peu ivres éclate. Il est là et elle n'est pas inquiète, elle sait que des amis communs ont promis de faire les présentations. Premier signe de son ascension, ce soir elle n'aura pas à se battre pour se dénicher une petite place. La place viendra seule à elle. C'est le signe indéniable d'une réussite, quand les mains se tendent vers toi sans que tu aies besoin de les tirer par les manches, sans que tu aies besoin de soulever les montagnes une à une. Elle n'a plus qu'à se laisser porter par ce qui va suivre, plus qu'à croire en son talent, plus qu'à choisir, quand le moment sera venu, la bonne chanson parmi tous les feuillets qu'elle a emportés avec elle.

Nicolas est déjà au courant de son existence.

Il sait que la jeune femme qui est là, les chevilles instables sur des talons trop peu souvent portés, la flûte de champagne maladroitement maintenue devant le nombril, les cheveux blonds à la limite du blanc et cet énorme phénix tatoué sur l'avant-bras, c'est Ophélia King. Il aurait envie d'arpenter un autre couloir, de ne pas se risquer à la punk à chiens déguisée dans une petite robe noire, mais ce sont ses yeux qu'il rencontre. Et c'est foutu pour lui, il l'a compris. Elle pourra lui filer toutes ses chansons, toutes ses idées de scénarios, il prendra tout. Ce qu'il voit dans ce regard-là, c'est la profondeur des maisons ravagées par les ouragans, c'est l'apprentissage du froid et de la soif, c'est l'ardeur de vivre, la peau sèche et les lèvres fissurées, c'est ce putain de trou dans le ventre quand la vie ne donne que trois grains de riz d'un plat gigantesque et enivrant à souhait. Il reconnaît que c'est là que tout se joue, quand deux êtres qui ont plongé les mains nues dans les profondeurs de leur mal-être se regardent pour la première fois. Il sait d'avance que ce soir, il ne sera pas très généreux avec les autres invités, c'est avec elle qu'il passera la soirée. Et au bout de quelques heures, suspendus ainsi dans le temps de la première rencontre, dans la lecture complète des poèmes d'Ophélia, dans cette atmosphère chaude d'appartement surchargé où l'alcool coule à flots, il sait qu'il passera la nuit avec elle. Elle ne se refusera pas, il le lit en elle car cette nuit-là, Ophélia est comme un livre ouvert ; elle offre tous les chapitres de sa vie avec une facilité déconcertante, elle lui parle comme elle n'a jamais parlé à personne, avec ce phrasé de plus en plus fluide, cette voix de plus en plus chaude, à mesure qu'elle comprend qu'elle peut tout dire, qu'avec lui, il n'y aura pas à tricher.

Ils repartent ensemble et tout le monde y va de sa petite réaction, parce que tout le monde l'a noté. C'est là le premier caillou dans la chaussure. On hoche la tête, on se pousse du coude, il se chuchote tout bas que certains vont connaître le bonheur ce soir. Ophélia lui ouvre sa porte, son lit, sa robe et son ventre. Elle donne tout, parce qu'elle a le sentiment que c'est la première fois qu'elle peut tout donner. D'où lui vient cette impression de devoir se livrer, de saisir cet instant avant qu'il ne soit trop tard. Une petite voix lui susurre la litanie d'Antigone, tandis que Nicolas glisse sa langue dans son cou, *Moi je veux tout, tout de suite, et que ce soit entier, ou alors je refuse*. D'où lui vient cette obscure sensation qu'elle doit tout goûter dans les heures qui viennent, car au petit matin, ce sera le néant. Sa mort. Ce n'est qu'une demi-seconde d'instinct lumineux, qu'une lucidité passagère à laquelle elle n'accorde pas la moindre attention. Nicolas est là, elle a plus que ce qu'elle avait souhaité, vingt-cinq ans à trimer, à tomber, à se relever, pour que tout concorde ici et maintenant, le point focal de sa vie : ses poèmes éparpillés partout dans la pièce et l'homme dans son lit.

*

De l'autre côté de la ville, ce ne sont pas les corps qui s'échauffent, mais les esprits.

Roger l'a trouvé, son adversaire : Grégoire Maréchal.

Grégoire Maréchal est imposant, ventripotent, mais pas gras. Un physique de rugbyman aux yeux toujours un peu larmoyants. Il ne faut pas s'y tromper. Il n'y a pas de larmes en lui ; il avance, toujours droit vers son objectif, et la perspective de s'éclater le genou ne le fera pas reculer. Grégoire Maréchal est pro-européen, Grégoire Maréchal est pour une Europe sociale et sans frontières, Grégoire Maréchal est contre la peine de mort. Pour Roger, Grégoire Maréchal aurait pu, en d'autres circonstances, devenir un excellent ami, s'il n'était pas aussi con.

Il a beau être con, il n'en reste pas moins talentueux.

Maréchal tempête, vocifère quand il entend que l'on veut violer ce principe inviolable, contourner ce qui est beau dans la Justice : la rétroactivité de la loi. Là-dessus, sa virulence ne tolère pas de compromis. Et sa voix porte. Elle ébranle les convictions : Roger les voit, les hommes qui se dandinent sur leur siège, parce que cet argument est une piqûre qui leur fait mal. Victorine se sent un peu inconfortable dans son cabinet, lorsqu'elle les contemple tous les deux s'affronter dans l'hémicycle. Elle sait que son champion n'est pas le plus grand orateur que la terre ait porté. Il se défend, d'accord, mais question efficacité, littérarité, impétuosité, Maréchal se situe un cran au-dessus.

Roger pourrait, dans un accès de doute, baisser les bras et se dire qu'il risque de passer à côté de son destin, mais au plus fort des débats, quand Roger Leroy et Grégoire Maréchal rejouent le choc des titans, monstrueux de talent l'un comme l'autre, la nouvelle tombe ; le meurtrier de la petite fille à la chaussette manquante est connu pour avoir déjà tripoté tout un tas de petites filles, quelques années auparavant. Le pain bénit des émotions tranchées est là, la haine de cette justice trop souvent fautive plane comme une ombre sur les bancs de l'Assemblée nationale. Les députés se referment comme des coquilles d'huître en pesant dans la balance les sondages et les prochaines élections. Le compte est si facile à faire que Grégoire Maréchal sent à quel point il devient ridicule de faire encore appel au cœur de l'Humanité. L'Humanité croit avoir du cœur en sombrant dans l'intransigeance. L'Humanité s'étouffe avec cette chaussette rose coincée au fond de la gorge, l'Humanité scande dans la rue que la France est devenue le pays des pédophiles. Grégoire Maréchal sent que cet argument va tout balayer.

Roger Leroy compte sur son talent, mais il sait qu'il peut aussi compter sur cette impression d'insécurité croissante, sur ce sentiment que *La France n'est plus la France*, et même les ivrognes du coin dont le pastis coule dans les veines hurlent à la *décadence*.

Voilà le molosse lâché, il n'a plus de muselière : la décadence.

Il paraît que les lois changent les mentalités et que les mentalités changent les lois. Rien de plus vrai, pense Roger. Badinter l'a prouvé, puisque près de quatre-vingts pour cent des gens étaient favorables au maintien de la peine de mort quand il entama sa croisade. En quoi serait-ce difficile de refaire le chemin inverse. Les mentalités font les lois, oui, les gens, leur rage, leurs émotions intériorisées prêtes à exploser, foutent la trouille aux députés. Les gens font les lois dès lors qu'elles s'appuient sur les sentiments les mieux partagés. Les gens ont fait le premier pas en ratifiant leur sortie de la Convention européenne des droits de l'Homme, ils poursuivront. Ce n'est pas lui, le principal adversaire de Grégoire Maréchal, c'est la Société tout entière. Il va donner le meilleur de lui-même, ne surtout rien lâcher. Il sait que le grand échiquier de l'existence a dévoilé une de ses pièces maîtresses.

Thibault glisse une feuille blanche pliée dans la paume de sa main. Tout en marchant au pas, parce que le temps presse et que, face aux caméras de l'Assemblée, il faut toujours avoir l'air pressé, il déplie la feuille avec précaution.

Le procès de Lalbenc va bientôt commencer.
Il serait judicieux de faire passer cette loi au plus vite.

Lalbenc, le tueur de petite fille, l'homme à la chaussette. Autant que sa vie soit brève, puisqu'on ne l'appellera plus qu'ainsi : l'homme à la chaussette.

Roger se retourne vers Thibault qui lui glisse à l'oreille :

— Imaginez, s'il est le premier criminel à être condamné, juste après la promulgation de la loi. Quelle formidable opportunité.

Il est bon, ce Thibault, il est bon.

Un peu trop, peut-être.

*

Ophélia doit la découverte de son corps à quelques amis curieux.

Les amis communs qui savent que, cette nuit, elle n'a pas offert que ses chansons. Les amis qui connaissent son minuscule appartement et qui savent qu'il n'y a pas si longtemps, Ophélia squattait chez les uns et chez les autres, à la recherche de ce destin qu'elle pourrait avoir trouvé cette nuit. Ils s'imaginent sonner et les trouver tous les deux endormis, et ils rient d'avance de la gêne qu'ils liraient sur leur visage, tentant de dissimuler cette peau fripée par une trop courte nuit.

Mais c'est le silence qui les accueille.

Une porte entrouverte qui ne donne pas envie d'en franchir le seuil.

Ils le font, pour elle. Parce qu'un sourd instinct tambourine contre leurs tempes, cette angoisse qui monte, qui monte, s'amplifie, retourne tout, tourbillonne. Cette atroce sensation de vomissement imminent qui vient chatouiller le fond de la gorge. Ils n'ont pas beaucoup de pas à faire avant de s'arrêter net. Les jeunes amis ont trop vu de séries policières pour ignorer encore à quel point il est essentiel de ne pas *corrompre la scène de crime*. C'est le silence qui règne toujours car aucun d'eux ne songe à crier.

Ophélia flotte comme un grand lys.

Elle est allongée sur le sol, pâle et disloquée comme un pantin jeté à terre par un enfant. Elle est nue et si mince qu'on pourrait compter ses côtes une à une. Leurs yeux s'arrêtent un instant sur ses yeux à elle, révulsés, tournés vers le plafond, comme si un dieu quelconque, dans les dernières secondes du trépas, avait pu surgir brusquement de la légère moulure pour la soulever et la sauver. Mais ils savent que ça n'a rien d'une supplique, il suffit de regarder sa gorge pour s'en convaincre. Elle a été étranglée, la chère Ophélia presque transparente, aussi blanche que le grand lys. Les marques de strangulation sont rouges et font comme un collier autour de son cou blanchâtre, putain ça en serait presque beau, songent les amis. Et leurs yeux se posent sur le nombril, la naissance du pubis et l'intérieur de la cuisse, visible. Le sperme est là, poisseux sur sa cuisse un peu grise, et ça les fait reculer. C'est là qu'ils songent à appeler la police, le regard fixe sur cette preuve évidente, comme si toute la résolution de l'enquête était ici, offerte à leurs yeux, et qu'il n'y avait plus qu'à la cueillir.

Nicolas.

Combien de longues minutes mettent-ils à associer ce nom à la scène qu'ils ont sous les yeux. Combien de temps cela leur prend-il de s'imaginer, incrédules, qu'on peut quand même légitimement penser à lui en tant que coupable.

Nicolas Lempereur.

Cela se peut-il.

Il faudra le dire aux enquêteurs, que tout le monde les a vus partir ensemble.

On se regarde, muets ; tout le monde pense la même chose, c'est évident. Tout le monde s'imagine, là, devant la scène, que la musique, l'alcool, peut-être un petit chouïa de drogue, sont un savant mélange de perte de contrôle et de délassement des sens.

Il n'a sans doute pas fait exprès, Nicolas.

Il ne l'a sans doute pas voulu, Nicolas.

Il ne s'en souviendra sans doute même pas, Nicolas.

Et Nicolas, la tête enfoncée dans son oreiller, la tête lourde d'alcool, d'écriture et d'amour, ne sait pas encore qu'il a déjà perdu toute l'aura de l'innocence.

Vox Dei

Paul a les traits tirés. La nuit a été courte, d'ailleurs, il n'en a pas vraiment eu. Il s'observe un instant dans la glace de la salle de bains, sous une lumière trop blanche qui donne tout son relief à ses cernes gonflés et violets. Quasiment vingt ans de métier, d'échecs, de réussites, de tourments, de nuits blanches, de plaidoirie où la rhétorique est le pilier des convictions, et des ébranlements des convictions. Son visage porte ses luttes et ses brisures, et il sait, quand il franchit la porte de sa maison, qu'il en comptera une de plus après avoir revu Nicolas. Son visage se marquera encore, irrémédiablement. Un long cours sinueux barrera son front, un pli de souci et de chagrin, de savoir avec certitude que le temps, d'épée de Damoclès s'est mué en guillotine. S'il perd, s'il renonce, s'il manque de courage, s'il manque à cette éloquence qui lui est chère, Nicolas, lui, pourrait perdre sa tête. Parce qu'il a suivi chacun des débats menant à cette loi. Et même s'il est prouvé que Nicolas a commis ce crime avant la promulgation de cette loi, il mourra quoi qu'il en soit.

Paul sait que le procès de Lalbenc est un accélérateur. Toute la sphère politique et juridique sait que le vent souffle dans la direction de Roger Leroy. Il est des évidences qui font mal, lorsque tu dois voir ton client en lui assurant que tout ira bien, qu'il repartira avec sa tête plantée sur ses épaules : Lalbenc sera le premier condamné à mort. Nicolas Lempereur, s'il échoue, le deuxième. Alors Paul marche vers Nicolas avec autant de détermination qu'il peut y mettre, mais il se sent chancelant. Ses jambes tremblent à l'instant où il franchit le seuil du Palais de justice et se dirige vers l'accueil, prêt à rejoindre Nicolas qui a été convoqué par le juge d'instruction. C'est le moment clé de toute une vie, l'apothéose d'une carrière qui peut s'achever dans la disgrâce et dans la boue ; la perte d'un homme, des flots de sang répandus sur le bitume.

Paul va au-devant de Nicolas comme un homme qui paie sa dette. Il s'était juré de ne plus se mêler de rien, de ne pas prendre part à cette sale affaire dont l'instigateur est un ancien ami devenu fou et mégalomane, mais une tête a toutes les chances de tomber. C'est la première fois qu'il a si peu confiance en ses capacités. Cela fait vingt ans qu'il n'a pas revu Nicolas ; un étranger, depuis le temps. Mais la dette est là, pesante et lourde sur sa poitrine. Il connaît les charges, il connaît les mots, *mise en examen pour le viol d'Ophélia King, suivi de mort*. On défend quiconque a besoin d'être défendu, parce que c'est le job, dans un État de droit. On défend pour le principe de la défense, dans un pays où tout citoyen a le droit d'être défendu. Mais là, il n'a pas à tricher. Il sait qu'il s'engagera plus fort, avec plus d'énergie, de puissance et de fermeté qu'il ne l'a jamais fait auparavant. Parce que c'est de Nicolas, qu'il s'agit.

Nicolas fixe le couloir et les gens avec l'air du béotien hermétique à l'art contemporain. Il cherche le sens de tout cela, ne comprend pas que la femme avec qui il a passé tant d'heures, que la femme avec qui il a fait l'amour, avec la promesse de se revoir, que cette femme, précisément, est morte. Tout lui échappe, c'est confus et brouillon dans son esprit marqué par le vomi et la pisse de cette cellule de garde à vue. Il connaît par cœur quelques-unes des paroles écrites par Ophélia. Non, vraiment, il ne comprend rien. Quelle faille spatiotemporelle peut expliquer qu'il quitte une femme amoureuse, aux joues roses et aux seins maculés de transpiration, pour se retrouver convoqué par un juge d'instruction parce que cette femme, au petit matin, a été retrouvée morte, nue, sur le sol du salon. Il ne lui a fait que du bien, il en a la certitude, et il lui en aurait fait encore. Il avait à peine bu. Il sait que ce n'est pas lui.

Nicolas se souvient de cette atroce sensation dans ses entrailles quelques jours auparavant, dans le train qui le ramenait vers ce chaos. Il ne comprenait pas l'origine de cette douleur dans son estomac, cette boule pesante qui est le siège caractéristique de toutes les angoisses. Il se sentait mal, de cette vague sensation de malaise qui se répand dans tout le corps sans que nous soyons capables d'en expliquer le sens et l'origine. Il l'a devinée à présent : la sensation de la mort qui vous frôle, vous chatouille par à-coups de manière que jamais vous ne l'oubliiez. Il a conscience qu'au-delà de ce crime, il va devenir un emblème politique, que malgré lui, il va devenir un argument d'autorité. C'est de bonne guerre, son frère va s'en servir, comme un voleur n'a qu'à plonger les mains dans un sac ouvert.

Et il a honte, tout à coup. Il ne sait pas pourquoi, dans le fond, il n'a aucune raison d'avoir honte. Mais il le sent, même s'il échappe à cette mort qui plane au-dessus de sa tête, qu'on finit par l'innocenter, il sait tout au fond de lui que quelque chose est mort de sa dignité. *Il n'y a pas de fumée sans feu*, disent les gens. *Calomniez, il en restera toujours quelque chose*, dit un personnage du *Barbier de Séville* dont il a oublié le nom. Il n'a pas la tête à fouiller dans son esprit, là, tout de suite, pour trouver secours dans la certitude de son intelligence et de sa culture. Il mourra ou c'est sa réputation qui s'en chargera. Il n'a d'autre choix que de sauver au moins sa vie, et tenter de reconquérir plus tard ce qui pourra être reconquis.

L'avocat qu'on lui a annoncé s'avance vers lui et il reconnaît cette tête blonde, à la limite du roux. La tête a vieilli, les années lui ont donné quelques rides, des sillons d'inquiétude sur le front, mais c'est comme si l'enfance revenait. Le goût du vin et des bouteilles dans la gueule, le souvenir des fêtes qui dérapent et desquelles on ressort avec un peu moins de dignité. Décidément, les fêtes n'ont jamais été une réussite pour lui, il en est toujours ressorti ou le sang ou la mort. Comment s'appelait-il déjà, ce jeune juriste vautré sur le canapé, prêt à lancer les paris sur la première pommette éclatée, entre Robert et lui.

Paul.

Paul, ce *petit con* en troisième année de droit, comme il s'est lui-même qualifié.

Paul, ce *petit merdeux* qui s'est léché les babines quand il a vu Nicolas arriver.

Paul, ce *petit peigne-cul immature* qui avait lancé la première attaque : *Alors les gars, dans vos bisbilles, votre père donne raison à qui*, ou quelque chose dans ce goût-là.

Paul, cet *enfoiré de première catégorie* qui avait lancé les paris : *Alors, qui va gagner, entre le juriste et le musicologue.*

Paul lui tend la main : ce qu'il lit dans ses yeux est un appel au pardon comme il n'en a encore jamais lu. Il ne vient pas pour jouter. L'avocat pose une pochette devant lui et sort un stylo. Un beau stylo comme son frère doit les affectionner. Un Cross chromé, élimé à sa taille et parfait pour des mains d'hommes qui n'ont pas la prétention de dépasser le mètre quatre-vingts. Ce n'est pas qu'il aime le luxe, mais la pisse, le vomi, le voisinage de quelques vieilles âmes habituées au lieu lui donnent envie de ne plus lever les yeux de ce stylo classique, un brin ennuyeux, mais beau, comme la vie en dehors de ces murs.

— Tu es mon avocat ?

Inutile de se demander si l'on se souvient l'un de l'autre. Beaucoup de visages traversent une vie sans qu'un seul trait en soit marquant. Mais des visages marqueurs de haine, de rixes et de rupture définitive, on ne peut pas les oublier.

Nicolas examine le front de Paul, dégarni, luisant d'une légère sudation. Il y a de la détermination dans ces traits tirés. Il y a la volonté farouche de le sortir de ce commissariat, de le sortir libre de la salle d'audience, de le sortir en un seul morceau.

— Je ferai tout ce que je peux, Nicolas. Je ne compterai ni mon temps, ni mon énergie.

— Je le sais, répond Nicolas. Je le vois.

Le bureau du juge s'ouvre enfin, deux hommes qui ont peur s'avancent vers lui.

Ophélia King a été retrouvée morte chez elle, étendue dans son salon. Les premières constatations parlent de viol et de strangulation.

— Je ne comprends pas le rapport avec moi. Parce que nous avons passé une partie de la nuit ensemble, je suis obligatoirement le coupable ?

Le problème n'est pas là. Le problème, c'est ce qu'ils ont trouvé sur son corps. Votre sperme.

Nicolas se fige. Oui, ils ont fait l'amour, inutile de le nier. Mais ils s'étaient protégés. Comment ont-ils pu le retrouver sur son corps alors qu'il avait mis un préservatif.

Paul écoute attentivement, l'air de celui qui découvre un os à ronger, enfin. Un petit quelque chose qui sonnerait comme un point de départ, au milieu de ce chaos.

Il n'est pas fait mention d'un préservatif. Ils n'en ont pas retrouvé. Ni sur elle, ni près de son corps.

— C'est impossible, puisque je l'ai moi-même jeté !

Impossible.

Voilà le mot qui s'étrangle dans le fond de la gorge de Nicolas.

Paul note cette information dans son carnet. Un point de départ, un petit quelque chose.

Il y a autre chose. Les traces de cellules épithéliales sous ses ongles. Elle aurait griffé son agresseur.

Nicolas crie, exaspéré, *Mais ça ne fait pas de moi un violeur et un meurtrier !*

— Tout au plus un bon amant, sourit Paul. On ne condamne pas sur la base qu'on est un bon amant.

Cette remarque réveille Nicolas et détend sa colonne vertébrale. Il se redresse, comme celui qui vient s'agripper à sa dignité. C'est vrai ça, une femme ne griffe pas nécessairement son agresseur. Une femme griffe son amant quand celui-ci sait la faire jouir. Où est le crime. Mais le préservatif. Son sperme sur le corps d'Ophélia. Il ne se l'explique pas.

Paul raccompagne Nicolas dans sa cellule, avec ses interrogations, les notes griffonnées dans son carnet, cette envie d'en découdre et qui se heurte avec ce qui germe au creux de la Société.

— Ce n'est pas moi, Paul. Je ne vais pas nier que nous avons couché ensemble, et j'avais d'ailleurs très envie que ça se reproduise. J'étais décidé à la revoir. Nous devions travailler sur les chansons de mon prochain album. Mais je suppose que tout le monde se fout d'une information comme celle-ci. Ce n'est pas moi, Paul.

— Je te crois. Nous allons nous engouffrer dans les zones d'ombre, Nicolas. On ne se fout pas de ce genre de détail. Il y a bien des gens qui vous ont vus lire ses chansons. Il y a bien des gens qui ont vu quelque chose.

Paul sent qu'il y a anguille sous roche. Quelque chose ne colle pas. Mais comment mettre en valeur la parole de Nicolas. Ce n'est qu'une parole, après tout, et pas la plus importante, contrairement à ce qu'on pourrait croire. Une parole sans preuve. Personne pour le voir glisser un préservatif usagé dans une poubelle, mais du monde pour constater la présence de son sperme sur le ventre et les cuisses d'Ophélia

King. Nicolas se sent comme propulsé du haut de la roche Tarpéienne. De la gloire à la disgrâce, il n'y a qu'un pas. C'est vertigineux, un sentiment d'impuissance. L'effroi de devoir confier sa vie à un autre, l'effroi de miser sur les compétences d'un homme, l'effroi de se battre contre des preuves incompréhensibles, comme sorties d'un chapeau.

Vertigineux.

Il n'y a pas d'autre mot. A-t-il des ennemis, des rancœurs si fortes qu'on voudrait se payer sa tête. *Je chante, c'est tout*, voilà ce que se dit Nicolas. *Un chanteur, je suis juste un chanteur.*

Soudain, il pense à son frère. Mais sa pudeur et son intelligence répugnent à aller plus loin. Il ne veut pas tomber dans la frénésie de la paranoïa. Deux frères qui ne s'aiment pas beaucoup, c'est tout, ça ne va pas chercher beaucoup plus loin. Ça ne tue ni ne condamne, l'animosité de deux frères.

— Que va-t-il se passer, à présent ? demande-t-il à Paul.

— Tu vas être mis en examen pour viol suivi de mort sur la personne d'Ophélia King. Nous allons tenter d'établir ton innocence.

— Qu'est-ce que je risque ?

— En l'état actuel de la loi, la réclusion criminelle à perpétuité, assortie d'une peine de vingt-deux ans de sûreté. Maintenant…

Paul lève les bras, envahi par cette incertitude qui s'enroule autour d'eux comme un anaconda enserre sa proie. *Maintenant…* Nicolas comprend ce que le geste de Paul signifie. Maintenant, si le projet de loi est adopté, s'il n'est pas jugé avant, ce n'est pas la réclusion à perpétuité qu'il risque.

Il entrevoit la perspective de sa mort. La renifle, la soupèse. Elle ne lui semble pas irréelle, elle est palpable comme l'angoisse. L'idée de finir comme finira sans doute Lalbenc ne lui semble pas une idée hors de tout fondement, mais elle lui répugne. Qu'a-t-il de commun avec ce Lalbenc.

Cet instinct qui lui susurre encore, ce ventre qui lui dit, *Prépare-toi, prépare-toi vraiment, on ne sait jamais*. Sa quarante et unième année lui semble être un hémisphère qu'il n'atteindra jamais, une perte irrémédiable que jamais rien ne pourra combler. Il observe Paul, ce Paul qui va se battre pour lui, il observe Paul et déjà, il sent qu'il n'y croit pas. D'où lui vient ce sentiment de la faillite. Il observe Paul et goûte le sang qui stagne dans le fond de sa gorge, comme s'il se préparait à gicler aussi violent que le Vésuve. Il observe Paul qui range son beau stylo dans la pochette prévue à cet effet, Paul qui referme la pochette contenant les feuilles qui le préparent à la mort, Paul qui remue les lèvres en une sorte d'incantation pour conjurer la Grande Faucheuse, *Vous ne passerez pas*. Cette idée le fait sourire parce qu'il trouve la perspective de sa mort romanesque. Plus il observe Paul, plus l'obsession de son propre sang qui va couler brouille sa vue. Il a besoin d'imaginer, de passer en boucle le film de sa tête qui pend, pour s'habituer à l'horreur de ce que son corps lui crie.

Il ne parvient pas à se défaire de l'idée qu'il n'imposera pas sa vérité, que Paul ne triomphera pas et ne vengera pas un passé trop encombrant. Alors il imagine, encore et encore, le bruit sec de la lame, le néant tout à coup, il fait l'effort suprême d'imaginer ce que ses yeux verraient, si sa tête tombait dans le panier. Meurt-on sur le coup, y a-t-il une sorte de conscience qui subsiste, dans ce vortex où l'âme s'évapore, on ne sait trop où, dans un long couloir où se rejoignent les esprits des corps tronqués, les moitiés d'âme qui ont perdu l'essentiel et qui, pour l'éternité, ne se retrouveront jamais. Il observe Paul réajuster son manteau en prenant soin de ne pas tout de suite croiser son regard – parce que c'est trop tôt et qu'il ne sait pas encore comment quitter le parloir. Parce qu'il s'imagine qu'un simple serrement de main est trop impersonnel, après tout ce qu'il s'est passé – et la seule chose qu'il se demande, c'est si l'on meurt sur le coup.

Paul, vaincu, lève son regard vers celui de Nicolas, loin, très loin, dans un monde où il ne peut être, lui qui ne risque pas de mourir, et il lui serre la main. Un instant il pense à Philippe qui dit à Bontems [1], à quelques minutes de sa mort, *Tu es bien, tu as du courage.*

---

1. R. Badinter, *L'Exécution* (Grasset, 1973) : Robert Badinter et Philippe Lemaire étaient les avocats de Bontems, condamné à mort. Cette parole est prononcée au moment où Bontems est mené à la guillotine, pour lui donner du courage.

Allons, se dit-il, *nous n'en sommes pas là. Sans doute moi aussi, dois-je en avoir pour deux.*

Mais il pense à ce qu'il a ressenti lorsqu'il a suivi les débats à l'Assemblée nationale. Il sentait qu'un jour, il serait installé aux côtés de son client dans le box des accusés, qu'il tripoterait nerveusement son dossier lu et relu, son argumentaire et ses questions taillées au couteau dans le silex de la condamnation à mort.

Il est convaincu que Roger ira jusqu'au bout. Et que si on lui donne raison, un jour, dans cette carrière d'avocat jusque-là rude, dense mais sans accroche particulière, Paul redoutera le moment où perdre signifiera voir la tête de l'homme qu'on a défendu tomber dans un panier en osier. Et il a peur. Parce qu'il ne veut pas vivre ça, non, il ne veut pas l'endurer. Il ne veut pas creuser ses cernes jusqu'au fond de son âme, ronger la dernière onde positive de son énergie à sauver la vie d'un condamné. Qu'il soit coupable ou pas n'y changerait rien. Il ne veut pas vivre ce que d'autres ont vécu, traumatisés au point d'en faire le combat de leur vie. Il a mal au ventre, des ondes de choc dans le fond de la gorge, à l'idée que l'avocat qu'il est perdra sans doute le procès et que des litres de sang se répandront sur le bitume, cachés derrière un vélum pour que ce gentil peuple animé des meilleures intentions ne voie pas ce que c'est, l'intérieur d'un corps, lui qui l'aura pourtant voulu.

Aura-t-il le courage de regarder. Se contentera-t-il de se retourner pour n'entendre que le claquement sec de la lame lui déchirer la poitrine, pensant qu'il faudra recommencer, puisque des meurtres, il y en aura toujours, puisque des peines, il y en aura toujours. Se contenter des petits crimes au risque de démolir sa carrière et ne devenir qu'un avocat de seconde zone, parce qu'on ne veut pas se frotter à cette violence-là, suprême, insultante pour l'âme de son pays. Parce qu'il n'est pas certain de s'en sentir le courage. Cela demande quelle dose de courage, de maintenir à flot une défense, de rassurer un homme sur le fil de sa vie, de lui garantir qu'on va réussir, que sa tête restera attachée à ses épaules. Paul calcule tout, anticipe tout, sa force et son courage, parce qu'il a compris que cette loi passera. Roger y arrivera, nul ne recule devant une détermination aussi infaillible.

Si ce fameux soir de beuverie s'était transformé en victoire totale pour Roger, s'il avait cassé la gueule de son frère, en serions-nous là aujourd'hui, ne peut-il s'empêcher de se demander. Quelle part de virilité y a-t-il dans son projet dantesque.

Quand il prend congé, Paul voit Nicolas se replier, recourber son corps comme un reptile et il vomit, longtemps ; la vapeur chaude du liquide s'échappe et empuantit la pièce. C'est toute la vie de Nicolas qui s'échappe en de longs spasmes acides.

*

Roger lit le message urgent que vient de lui confier Thibault. C'est un homme fatigué. La stupéfaction, le désespoir, l'incrédulité et la douleur font danser sa face comme un portrait de Picasso. Il a chaud. Il retire sa cravate, redoutant l'AVC, sent l'effort qu'il doit fournir pour maintenir ses jambes en l'état, pour ne pas faillir devant ses collaborateurs, en particulier devant Victorine.

— Il n'y a pas le moindre doute ?

— Pas le moindre, monsieur.

Roger relit la note, encore et encore. Il en respire jusqu'à la nausée les mots clés, *Nicolas*, *GAV* [1], *viol et meurtre*. Il sent d'ici les effluves de scandale, le vertige des décisions à prendre et ce qu'il va devoir montrer de sa personnalité, les failles qu'il va falloir combler, les jugements qu'il va endosser comme un manteau trop court. Un trou noir dont personne ne sortira tout à fait vivant, où chacun prendra ses responsabilités. Et lorsqu'il se tourne vers son équipe, il sent à quel point la nouvelle est sensationnelle à leurs yeux, combien c'est facile d'élaborer une stratégie autour de la culpabilité du frère de Roger Leroy. Thibault exulte, l'odeur de son excitation se répand dans la pièce, c'est âcre et ça prend à la gorge comme la pisse de chat dans un couloir. Il doit avoir le ventre chaud et le caleçon un peu étroit, Thibault. Lui a froid. Il voit bien que même Victorine a du mal à contenir l'excitation qu'une telle nouvelle provoque en elle. Il la sait pragmatique, il la devine opportuniste. La manière dont elle sirote sa tasse de café en

---

1. GAV : garde à vue.

le regardant droit dans les yeux, la manière qu'elle a de pencher sa tête vers le côté droit, lorsqu'elle s'apprête à gravir la pente qui la mènera vers la victoire. Elle va s'atteler à le convaincre, c'est une évidence qui le met mal à l'aise.

— Réfléchis, Roger. Réfléchis bien. Tu verras que la solution s'impose.

Il veut des preuves solides, il veut du concret qu'on ne peut récuser, il veut de la certitude, et alors, il se permettra de mépriser jusqu'à la dernière goutte de sang qui fait battre le cœur de son frère. Jusque-là, Roger ne sait que faire de cette information et de son corps. Il traîne sa patte jusque dans son fauteuil, persuadé que les picotements qui se répandent de sa cheville à l'extrémité de sa colonne vertébrale émanent de lui comme la foudre. Fracasser une bouteille sur un coin d'arcade sourcilière quand on a vingt piges et qu'on s'enivre de chacune de ses émotions, c'est autre chose que prendre le risque de la mort de son frère, quand on a assez vécu pour faire le tri entre la haine véritable et les résidus qui ne sont que des *stimuli* pour créer. Il voudrait savoir s'il va trop loin. Il voudrait que quelqu'un lui dise qu'il va trop loin. Mais le pragmatisme est une seconde peau, dans cette pièce où même les tapisseries suintent les conflits d'intérêts. Le drapé du juriste dans lequel il s'est mû toute sa vie reprend possession de son esprit et de son corps. Il ne peut pas être faible en cet instant, il y a des moments cruciaux de l'existence qui ne se représenteront pas.

— Les médias, trouve-t-il la force de dire en regardant Thibault droit dans les yeux, parce qu'un loup qui a perdu une dent reste toujours l'alpha de sa meute.

— Ils sont déjà sur le coup, répond Thibault, sur le qui-vive.

Il saisit la télécommande et allume la télévision sur n'importe quelle chaîne d'information. Elles traitent toutes du même sujet qui revient en boucle. Roger est fasciné par les images de son frère, qu'il ne voit plus qu'à travers un écran de télévision. Il a vieilli. Par ce constat, il ne peut que se pencher sur son propre vieillissement. Le ventre a un peu forci, le cou est plus large et les cheveux s'argentent. Ils se ressemblent tant que c'en est effrayant. Supprimer l'essentiel, comme dirait Thibault. Cet effroi que provoque leur ressemblance doit être gommé, par tous les moyens. Mais les moyens qu'on lui susurre se noient dans les tergiversations. C'est si facile, pour eux qui n'ont que leurs ambitions politiques à gérer, il n'y a pas de honte, de rancœur, de déception et de conflits de loyauté qu'on se traîne d'ADN en ADN comme un bracelet électronique à la cheville. C'est si simple quand on n'a pas à composer avec les liens du sang. Et c'est étrange qu'il pense à ça. Parce qu'il a consacré la moitié de sa vie à négliger ces fameux liens du sang, depuis que la seule chose à laquelle il doit songer, c'est le fait de fleurir la tombe de sa mère une à deux fois par mois. Alors pourquoi, en une fraction de seconde, son ventre lui murmure-t-il que c'est d'une importance capitale.

Reprends la main,
Urgence du moment.

Il sait qu'il doit réagir ; nous ne sommes pas dans un monde où pleurer le sort du petit frère, probablement violeur et meurtrier, est vu comme une preuve d'humanité.

— Je veux savoir. Si les preuves sont tangibles, je veux les connaître. On n'accuse pas sans preuves, dans un pays de droit.

Cette phrase le fait sourire intérieurement et Thibault le perçoit de là où il est. Le cynisme est comme une seconde peau, on ne s'en débarrasse pas comme ça.

— Évidemment que nous sommes dans un pays de droit, Roger, nul ne le conteste, rétorque Victorine. Mais si les preuves sont tangibles, il faudra bien te poser la question : que feras-tu ? Quelle sera ta décision ? Je serai derrière toi, mais avec du clair et du définitif.

Thibault sort du bureau et regagne le sien, prêt à mettre tout en œuvre pour connaître la nature exacte des preuves contre Nicolas Lempereur. *Décidément,* songe-t-il, *ce Nicolas peut être une vraie source d'emmerdes.* Il se souvient d'une phrase d'apparence anodine qu'il avait lue sur du papier sulfurisé emballant un petit biscuit : *Ce qui pour l'heure est perçu comme une mini-catastrophe peut devenir une véritable aubaine.* Et il la voit, l'aubaine, lui. Il se sent prêt à dessiller Roger, à lui faire comprendre ce qu'on attend de lui, à l'aube d'une telle réforme.

Il compte lui offrir un rapport circonstancié du crime de son frère, le lui faire avaler mot après mot, paragraphe après paragraphe. Il compte le faire monter à la tribune, le crime de Nicolas Lempereur érigé en bâton de maréchal.

Roger a anticipé tout cela.

Dans quelques heures, il lui faudra remonter à la tribune, face à Grégoire Maréchal qui se sera saisi de l'information. Dans quelques heures, on sondera son cœur, on plongera les mains dans ses ventricules pour savoir si l'un des deux est en panne, on écartera sa cage thoracique pour savoir de quelle dignité est fait ce corps. Dans quelques heures, tout le monde aura les yeux braqués sur lui pour savoir si Roger Leroy est capable de faire passer la famille avant ce qu'il érige depuis des mois comme des convictions personnelles inébranlables.

La main tremblante, il sait ce qu'on va lui balancer à la figure. Il refuse à nouveau l'aide des plumes. Son discours, il veut le maîtriser seul, à la virgule près. Il s'attelle à la tâche, prêt à composer un nouveau discours dans lequel l'objet unique de toute son inspiration devient l'enjeu crucial d'une réforme sur le point de naître. Et il a mal partout, Roger. Chacune de ses articulations le fait souffrir, comme si son corps se défendait contre cette ignominie. Une soudaine fibromyalgie qui attaquerait ses mains et ses poignets, l'empêchant de rédiger la moindre ligne sur cette feuille blanche qui attend son heure. Tout ce qu'il avait toujours convoqué se retrouve à présent bloqué à la racine. Il ne pourra pas écrire une ligne tant qu'il n'aura pas de conviction, dans un sens ou dans un autre. Sa main reste en suspens, appesantie par la crainte de monter la marche de trop. Ça le faisait rire quelques minutes auparavant, mais il sait que c'est vrai, quand on en est à tout miser sur des réputations, à jouer la carte de l'irréprochabilité, on n'accuse pas sans preuves. On ne livre pas pour rien son frère aux fauves des médias et de la Justice. Plus que tout, Roger redoute cette réputation d'arbitraire qu'on collerait à sa peau, comme les rois de jadis condamnaient sans sourciller sur de simples dénonciations calomnieuses, à coups de cachets et de cachots. Il s'accorde à penser au fond de lui que frère ou non, s'il est avéré qu'Ophélia King est morte par ses mains, il n'aura pas le moindre remords à le faire passer sous la guillotine.

De l'autre côté de la porte, dans un petit bureau attenant qui est celui du conseiller, Thibault a mis la pression comme il sait la mettre, parce que c'est jouissif de pouvoir parler comme on veut aux gens quand on a carte blanche. Il repose le téléphone et prend le temps de garder pour lui quelques secondes supplémentaires les informations qu'il vient de recueillir. Il prendra un air grave, les circonstances fraternelles l'exigent, mais il sait ce qu'il va falloir mettre en place. Thibault tapote le bord de son bureau en comptant le nombre de secondes qu'il va encore tenir avant de se composer des traits de circonstance, de façonner son visage de manière que Roger sente sa sollicitude. Il ferme un instant les yeux et imagine le long enchevêtrement d'événements et d'actions à mener, la course vertigineuse vers le pouvoir que l'on veut pour soi, la quête de son propre épanouissement politique, social et intellectuel, et il sent comme c'est délicieusement dérangeant de compter sur la chute des êtres pour favoriser sa propre ascension. Il ne connaît pas Nicolas, cela rend d'autant plus facile le fait de souhaiter sa disgrâce et sa condamnation. Il ressent le détachement nécessaire aux basses œuvres que certains hommes seulement sont capables d'encaisser, à ce que l'on nomme parfois *la raison d'État*. Thibault sait à quel point la notion de « virilité sociale » est un argument qui compte pour Roger ; il aura là l'occasion de le prouver, de prouver à son pays qu'il porte ses couilles sur un plateau en or massif et qu'il n'a de pitié, ni pour les pleutres, ni pour les criminels.

Il n'y a que dans son esprit que Thibault formule ce genre de propos péremptoires. Il garde pour lui ce qu'il croit être sa force et sa détermination. Il ignore que des mots si rigides et si peu en phase avec le pragmatisme qui a tissé sa toile partout dans ce monde font rire les plus anciens. *Il est neuf*, se dit-on. Si neuf qu'il croit encore à ce qu'il dit. *Il a les dents qui rayent le parquet*, se dit-on dans les couloirs, *il a faim et il veut manger sans prendre le temps de bien tuer.*

Thibault décide que c'est le bon moment.

C'est un tourbillon qu'il va falloir maîtriser, si l'on ne veut pas finir déchiqueté. Il ne prend pas le temps de frapper à la porte ; ce manque de courtoisie est calculé, il connaît l'alarme qui s'allumera aussitôt dans l'esprit du ministre. Il s'arrête sur le seuil et il patiente. Elles sont lourdes et à la limite d'être douloureuses, ces secondes pesantes durant lesquelles il attend que Roger et Victorine lui accordent toute leur attention.

— Eh bien, Thibault, des nouvelles ?

Roger paraît neutre, les bouilloires ne brûlent pas si l'on ne plonge pas la main dedans.

— Elles ne vont pas vous plaire. Des preuves solides à base d'ADN, des témoignages de gens qui les ont vus partir ensemble.

— Des éléments qui réfuteraient ?

— Pas à ma connaissance. (Après une courte seconde de silence, Thibault croit bon d'ajouter :) Il clame son innocence.

— Évidemment.

Roger arpente la pièce pour calmer cette fièvre qui le prend aux tempes. Il n'aurait jamais imaginé que le fait de mener à bien la réforme de sa vie puisse être accompagné de tant de dévastation.

— Sait-on s'il a déjà un avocat ?

— Paul quelque chose, répond Thibault, je n'ai pas saisi son nom de famille.

Roger détend sa colonne vertébrale. Une légère décharge électrique le parcourt à l'évocation de ce prénom. Paul. Qui donc pouvait voler au secours de son frère, armé de sa toute-puissante culpabilité. Thibault n'a pas fait le lien, parce que les fils qui se tendent de personne à personne ne le concernent pas, s'il ne se retrouve pas quelque part au centre de la chaîne. Victorine, elle, s'est dressée sur son séant comme un bon chien de garde. Elle connaît l'histoire par cœur, jusque dans ses moindres détails, du petit frère qui débarque comme un cheveu sur la soupe à l'arcade sourcilière fendue en deux. Elle n'aime pas beaucoup quand le personnel se frotte de trop près au professionnel, Victorine. Elle n'aime pas ce genre de clou qui crève les pneus et fait dévier du chemin.

Paul.

Paul entre dans la danse, donc. Et il a choisi son camp.

Bien, se dit Roger, sûr de son fait. *Bien bien, Nicolas est un violeur et un meurtrier, l'ADN a parlé.* Il se l'était juré, avait fait une promesse à sa dignité et à son intelligence, à défaut de son sang. La guillotine coupe la parole aux meurtriers. Il se répète la même phrase en boucle, pour la faire rentrer, infuser, pour que sa véracité imprime la totalité de son corps et de son esprit : la guillotine coupe la parole aux meurtriers. Il se souvient de la Une du *Petit Journal*, écrite en 1908, si sa mémoire est bonne, qu'il avait consultée dans les innombrables archives de son père. On y voyait, en premier plan, un homme fier et orgueilleux, le torse bombé et la morve aux lèvres, entraîné vers la prison par deux policiers. À l'arrière-plan, le même homme, courbé par la peur, est traîné vers la guillotine par les mêmes policiers. Roger se souvient encore de la légende, si impressionnante pour l'adolescent qu'il était : *La prison n'effraie pas les apaches, la guillotine les épouvante.*

Il ne sait que faire de ce souvenir qui surgit tout à coup et qui le hante, quand la seule chose qu'il lui reste à accomplir, c'est de prendre une décision radicale et définitive. Son frère serait-il un apache, vraiment. Son frère est-il un homme capable de violer et de tuer. Les preuves sont là, la Société entière les clame, ses collaborateurs réclament qu'il tienne ses promesses. Tout cela va si vite, si vite. Quel autre choix a-t-il que se laisser porter.

*

Nicolas se laisse bercer par les paroles de Paul, comme un enfant s'en remet à l'adulte les soirs d'orage où des formes se dessinent contre le mur de la chambre obscure. De douces paroles qui ne rassurent pas tout à fait, mais font battre la mesure du temps, les yeux fixés sur l'orage qui donne tout ce qu'il a. Il ferme les yeux et se remémore la tendre mélopée de son avocat qui lui explique en des termes choisis que les poubelles ont été vidées quelques jours plus tôt, qu'il n'y a pas la moindre trace de ce petit bout de plastique qui aurait sans doute été une preuve indirecte, mais qui n'aurait peut-être pas permis d'établir une défense inébranlable. Tant de modalisateurs pour lui faire comprendre avec douceur qu'il n'y a pas grand-chose qu'il puisse faire pour contrebalancer les preuves entre les mains de l'accusation. Peut-être établir un doute légitime dans l'esprit des jurés, puisqu'il paraît que dans un État de droit, le doute profite toujours à l'accusé. Il y aurait quelque chose à creuser de ce côté-là, puisque les témoins ont tous rapporté qu'il y avait de la tendresse et de la complicité entre Ophélia et lui, puisque les analyses toxicologiques ont prouvé que ni l'un ni l'autre n'avait consommé de drogue ce soir-là. Sans doute est-ce là la clé, l'ultime rempart contre la perpétuité ou le sang versé.

Nicolas écoute distraitement Paul le bercer de ses doux mensonges auxquels il tente de croire.

De plus en plus distraitement.

Nicolas ne s'accroche pas à ce genre de croisade contre l'ineffable. Il préfère imaginer le pire et se laisser surprendre par le meilleur, s'il arrive.

La voix de Paul le rassure pourtant et l'orage finit par s'apaiser. C'est le but de son avocat, il le comprend ; tout faire pour le maintenir rivé à cet espoir qui rend les gens si faibles. Si humains. Alors il se laisse bercer par cette douce contamination du *et si*… Il tente d'y croire, faisant le compte de la perpétuité, de la peine de mort ou, de toute manière, de la mort de sa vie sociale. Ce serait un moindre mal. Mais au fond de lui, il se demande. Est-ce que son frère peut le croire coupable. Est-ce que tant d'années passées à se reprocher ceci et cela peut modifier à ce point le regard que son frère porterait sur lui. Sera-t-il le prétexte à lever le vélum sur une guillotine restée dans son coin depuis plus de trente ans.

Lalbenc

Lalbenc a toujours su que ça se terminerait de cette façon. Par une condamnation à mort sans avoir envie d'épuiser le moindre recours.

Le suicide était la manière la plus plausible et la plus légitime d'en finir, mais il n'en avait pas le courage. Au-delà de son dégoût, un reste d'amour-propre l'empêchait de passer à l'acte, alors qu'une bonne décharge de 22 long rifle, qu'il avait planqué dans son garage, aurait évité que tout le monde pleure la petite fille à la chaussette manquante. Longtemps, il a regardé son arme. Des heures durant, il l'a caressée, se demandant à quel moment il aurait le courage de la pointer dans sa bouche et d'appuyer sur la détente. Mais une coquetterie féminine repoussait loin de lui l'image de son crâne ouvert et de son œil qui pendouillerait. Il avait lu un jour dans un article que les femmes n'aimaient pas les suicides qui toucheraient à leur intégrité physique. Les femmes aiment le poison, parce que les femmes, d'après l'article, veulent conserver leur visage intact. Et Lalbenc s'est dit qu'il n'était pas une bonne femme mais que, bon Dieu, il voulait quand même le conserver, son visage. Le poison, un cocktail de médicaments et d'alcool, les veines coupées, le passage d'un train… Lalbenc avait passé en revue toutes les possibilités de mourir, assis dans son garage à écouter les cris des enfants dans l'école primaire juste à côté. Les cris stridents des petites filles qui lui fendaient le crâne et lui ouvraient le ventre en deux et alors, *Je peux vous le jurer*, avait-il dit à son avocat, *oh oui je peux le jurer, j'étais à deux doigts de me faire sauter la caboche.* Mais le courage lui manquait lorsque était venu le moment de presser l'index. Et les petites filles continuaient de rire aux éclats.

Lalbenc avait tout perdu et avait tout reconstruit. Deux fois.

À dix-sept ans, la petite Ange aux cheveux blonds et à la robe pailletée lui fit tourner la tête. Sa cousine, scolarisée en CM2, venait tous les mercredis après-midi chez sa tante parce que sa mère travaillait. Il n'avait rien vu venir sur le coup, il n'avait pas compris la somme des sensations qui l'envahissaient, mais avait assez vécu pour savoir que ce n'était pas normal. Une impulsion le poussait à rester chez lui les mercredis, à observer ses poignets, le mouvement de ses mâchoires quand elle mangeait ses biscuits, le léger plissé de sa robe au niveau de la cage thoracique quand elle respirait. Quelque chose d'obscur et de chaud se collait à son buste, l'empêchait de respirer, lui nouait la gorge au point de figer sa glotte et de l'empêcher de manger. Il avait déjà eu une ou deux petites amies ; il était capable de comprendre ce qui se passait dans son corps et quels en étaient les enjeux.

Le désir.

Putain. Pourquoi je suis comme ça.

Voilà ce qu'il se répétait en boucle dans le miroir de la salle de bains, lorsqu'il se contemplait, déjà homme quoiqu'un peu petit, mais viril dans sa barbe naissante et ses pectoraux. *Pourquoi pourquoi pourquoi moi.* Il ne voulait pas de ce désir mais était incapable de quitter le salon les mercredis après-midi. *J'ai bien essayé une fois*, a-t-il dit à son avocat, quand il a décidé de tout balancer.

— Je suis sorti un mercredi et c'était comme si mes jambes me forçaient à revenir dans la maison. Tu n'as plus de cerveau, quand quelqu'un t'obsède.

Cette phrase reste pour longtemps accrochée au cortex cérébral de son avocat, incapable de comprendre les origines de cette obsession, ébranlé dans ses convictions et se demandant s'il a le droit d'éprouver de l'empathie pour cet homme sans que de petits esprits étriqués dans leurs émotions le taxent de cautionner la pédophilie.

Lalbenc décide qu'il est temps de tout dire, avec ses mots à lui, entrecoupés et tranchants comme la guillotine dans quelques jours à peine. Il sait que sa tête va bientôt tomber. À la télé, dans sa cellule, il a suivi avec fièvre les débats entre Roger Leroy et Grégoire Maréchal : il sera le premier. Quelque part ça le réchauffe parce qu'il sera au moins le premier dans quelque chose et qu'il a l'intime conviction que plus personne ne peut rien pour lui, puisqu'aucun psychologue n'a réellement été formé pour fouiller dans le cerveau et les tripes de gens comme lui.

— Personne ne sait ce qu'il y a dans notre tête, monsieur. Personne ne cherche à savoir s'il y a moyen de déloger la petite bête qui dort en nous. On préfère nous pendre par les couilles.

L'avocat baisse la tête, saisissant combien c'est vrai, à quel point tout le monde préfère soulager sa haine avec une bonne petite condamnation à mort plutôt que prendre le temps de comprendre pour mieux anticiper et éradiquer. Mais il n'est plus temps d'échafauder des plans de défense, l'ère est à la peine de mort, se dit-il en contemplant Lalbenc arracher les cuticules au-dessus de ses ongles, l'heure n'est pas à l'observation scientifique et à la prévention. Les gens veulent que ça crève. Partout et en tous lieux.

110

Lalbenc continue de plus belle, avec ses mots qui forcent à baisser la tête, les tempes battantes et le feu aux joues, quand il explique comment il s'y est pris pour instaurer un jeu entre Ange et lui, comment les bonbons et les cartes *Totally Spies !* sont devenus un enjeu pour pouvoir la toucher, *l'explorer*, puisque c'est le mot qu'il a employé. Comment la petite fille a un jour tout révélé à sa mère, lassée de devoir accepter cette main de grand garçon entre ses cuisses en échange des cartes de ses héroïnes préférées. C'est la honte qui défonce ses épaules. Le regard de sa mère empli de douloureux points d'interrogation, la colère de son oncle et ses poings qui lui font sauter deux dents. La rage de son père qui vocifère, *Je ne veux plus de ce monstre chez moi.*

— Ici, on règle nos affaires en famille, a dit mon oncle.

Lalbenc saisit l'information : ou tu quittes cette famille, ou je te crève. Alors il trouve un apprentissage dans une autre ville, épaulé par quelques membres qui désirent étouffer l'affaire, pour le bien de la petite, pour qu'elle oublie plus vite. Il part et c'est le visage de ses proches qui s'évapore, pour toujours. Le visage de sa mère dont il a oublié les traits d'amour, tant le dernier regard n'était que dégoût et tristesse. Il part et se dit que ce n'était qu'une passade, une période de sa vie à étouffer. Il s'enfonce dans la solitude et tente d'oublier ce qui doit rester mort entre ses jambes, travaille d'arrache-pied et passe sa vie au cinéma. Il développe un goût pour la culture et se dit qu'il ne peut pas être plus éloigné de celui qu'il était avant. Il se dit, *J'étais une bête mais le monstre est mort.*

À vingt-sept ans, il rencontre Sophie.

Il ne tarde pas à savoir que Sophie a une petite fille.

Au bout de quelques semaines, il la rencontre, et il sait, en quelques minutes, que tout va recommencer. Il comprend que rien n'est mort en lui et qu'il est *comme ça*, qu'il n'a pas changé. Il a juste tout enfoui, déposé ses fantasmes dans un trou profond en espérant que d'autres couches de terre viendraient enterrer ses désirs secrets et odieux. Il aime Sophie, d'un amour profond, mais il désire Julie, ses courbes à peine naissantes, son petit rire tout en nuances dans sa voix toujours changeante, cette fraîcheur de l'enfance qu'il est incapable de voir comme étant l'innocence. Pour lui, l'insouciance de Julie, sa jovialité contagieuse et sa coquetterie de princesse sont une sexualité. Une voix forte au fond de lui, la plus précieuse d'entre toutes, lui dit qu'il se trompe, lui dit qu'il voit mal et qu'il salit. Mais il reconnaît de moins en moins la préciosité de cette voix qui tente de le sauver, il n'est plus capable de discerner les fondements de l'équilibre entre les adultes et les enfants. L'obsession revient alors, lancinante, d'autant plus violente qu'à présent ils vivent tous les trois sous le même toit. Son esprit a abdiqué, il la veut et il n'en démordra pas. À la rigueur, Sophie devient gênante. Toujours là, dans la cuisine, dans la chambre, dans le salon, dans la salle de bains. Toujours dans ses pattes à l'empêcher d'avoir des moments privilégiés avec Julie. Il recherche toutes les occasions d'être seul avec elle et cela devient la nécessité de sa vie. Il ne vit plus que pour le moment du tête-à-tête.

Sophie lui fait confiance. Elle croit en l'homme qu'elle a choisi, voit en lui le père que Julie, jusque-là, n'avait pas eu. Elle lui confierait sa fille les yeux fermés parce qu'elle croit en son jugement qui ne peut pas être à ce point faussé. Sophie se dit que des erreurs, elle en a commis, et de nombreuses. Mais c'était des erreurs d'amour, des tromperies sentimentales entre adultes conscients de leurs actes. Elle a connu des errances, des désillusions et des renoncements lorsque son cœur a battu pour celui qui ne voulait pas d'elle, mais ce sont des erreurs pardonnables de femme amoureuse. Son homme, là, sans famille, timide et travailleur, elle le connaît par cœur. Elle ne sait pas pourquoi il s'est brouillé avec ses parents, elle ne sait pas pourquoi il a dû si tôt abandonner ses études, elle ne sait rien d'un passé révolu qui ne lui dit rien de ce qu'il est aujourd'hui. C'est un homme bien.

Alors, un jour où elle doit se rendre à un séminaire, elle se dit qu'à ce stade de sa vie elle n'a plus besoin de se battre pour trouver un mode de garde, puisqu'il est là, à présent, et qu'il se chargera de prendre soin de sa fille pendant son absence. Et tandis qu'elle monte dans le train qui la sépare d'eux, Lalbenc serre un peu trop fort la main de Julie, tentant de canaliser son envie de courir avec elle jusqu'à leur maison, se contentant de saluer de loin sa compagne qui s'éloigne à mesure que le train roule. Il sait que c'est une *connerie monstrueuse*, comme il le dira plus tard au juge, il sait qu'il s'approche de l'irréparable et de la salissure la plus absolue, tandis qu'il monte les marches de l'escalier qui le mène vers la chambre de Julie. Mais chaque pas abolit un peu plus sa capacité de réflexion. *Oh je l'ai juste caressée*, dit-il à son avocat, *et je lui ai demandé de me caresser un peu*. Son avocat n'ose pas lui demander où, ce serait la phrase de trop, lui qui connaît par cœur le dossier de la petite fille à la chaussette manquante. Il se doute de ce qu'un homme désire soulager.

La suite n'est que déjà-vu, déjà-vécu, à ceci près que pour la première fois, la Justice s'en mêle. Sophie découvre, Sophie frappe, Sophie dénonce, Sophie détruit à coups de réseaux sociaux la réputation, Sophie vomit son amour et se retient de saisir le couteau, parce que sa fille n'a qu'elle. Sophie réclame justice, elle ne veut pas que sa fille mette un voile sur ses mauvais souvenirs : au premier coup de vent, le voile tombera. Et alors, que restera-t-il de Julie. Quinze mois de sursis, mille cinq cents euros d'amende, trois ans de mise à l'épreuve. Lalbenc est soulagé parce qu'il s'attendait à du ferme. Il plie bagage et s'installe ailleurs, tente de se faire oublier,

114

retrouve du travail. Il replonge dans le même processus d'abrutissement de son être, sans personne à qui parler, puisque l'obligation de soin, illusoire, a été prononcée du bout des lèvres et jamais suivie. Il doit maîtriser seul ce ventre en vrac chaque fois qu'il passe devant le parc, chaque fois qu'il passe devant l'école. Il hâte le pas, court presque, si bien qu'on se demande qui est cet homme pressé qui semble toujours rater un train. Il tient comme ça plusieurs années, mais le parc, mais l'école… Tout est tentation absolue et son corps ne parvient plus à renier ses obsessions. Le 22 long rifle est adossé contre la porte de la grange, il le fixe, le soupèse, se demande si la mort est instantanée, puis finalement, il se dégoûte de son propre sang qui va couler. Il ne veut pas se donner la mort.

Il croise alors la petite fille et il sait que ce sera elle.

Il ne peut l'expliquer, mais il ne veut pas n'importe quelle petite fille. Il s'est contenu jusqu'à ce qu'il tombe sur la bonne. Et puis tout à coup, son cerveau fait un looping de tous les diables quand il aperçoit celle qui fera tomber les barrières des inhibitions. Il ne cherche plus à séduire, il ne cherche plus le chantage et le jeu. Il se contente de l'emmener dans la forêt, froid et déterminé, parce que ça fait trop longtemps qu'il attend. La petite fille se contente de faire ce que feraient toutes les petites filles : elle crie. Elle hurle qu'on la sauve et même si elle ne connaît pas grand-chose à tout cela, elle lit dans les yeux de l'homme sur elle que c'est noir et que ça s'éteint. Lalbenc prend peur de ce cri qui le réveille, il a franchi la barrière de trop. Mais il ne veut pas risquer la prison, il ne veut pas se faire lyncher si les hurlements se faisaient entendre, alors il étrangle, parce qu'il veut que les cordes vocales se taisent. Dans la bataille, la petite fille perd une chaussette. *C'est con, mais c'était mon seul souvenir.*

Il ne faut pas beaucoup de temps aux enquêteurs pour mettre la main sur lui. Entre le casier judiciaire déjà fourni, le témoignage des gens qu'il n'a pas vus le regarder passer et repasser devant l'école, prisonnier de ses obsessions, il ne leur faut que quelques jours pour ouvrir la porte de la grange, découvrir le fusil, la chaussette roulée en boule au centre, *parce que vous comprenez*, avoue-t-il, *je la respire en écoutant les rires*. Et au final, face à ses émotions, il se dit que c'est le soulagement qui doit primer. Il aurait recommencé, *oh oui, j'aurais recommencé*, dit-il à son avocat qui en a déjà entendu, des phrases comme celles-ci, mais qui ne s'habitue pas pour autant.

— Vous comprenez, c'est trop tard maintenant. J'ai pris trop de plaisir, c'était comme si mes plaies se refermaient, le temps de quelques minutes. C'est comme une drogue, comment j'aurais pu arrêter ?

L'avocat est certain qu'il y aurait tout à faire avec les pédophiles, un immense terrain à arpenter, à creuser, pour entrer dans leur tête et anticiper des milliers d'agressions. Mais celui-là se contentera de perdre la sienne. Il n'est pas bête au point de penser

116

qu'il le sauvera. Il peut l'accompagner, pourquoi pas, ouvrir ce débat plus large qui pointe en lui depuis de nombreux mois, à force d'entendre ces hommes dire la même chose, *On n'y arrivera pas tout seul.*

*

Demain, c'est le grand jour pour Roger Leroy. La Société est prête à lui offrir son heure de gloire. Pour Lalbenc, c'est une bénédiction. Lui se dit que puisqu'il n'arrive pas à se porter seul le coup fatal, pourquoi ne pas attendre que quelqu'un d'autre le fasse à sa place. Son sang coulera, mais il n'aura plus à supporter cette décharge dans l'aine, ce creux perpétuel dans la poitrine qui lui donne l'impression de tourner autour d'un seul objectif.

— Selon vous, qui êtes-vous ? lui a demandé le procureur de la République.

— Un prédateur, monsieur, sauf votre respect, un putain de prédateur.

Voilà ce qu'il dit à son avocat.

Que l'homme a pour habitude de qualifier certains animaux de prédateurs ;

Que l'homme a pour habitude d'enfermer ces prédateurs, dans des cages, dans des zoos, dans des réserves, partout où le prédateur ne dévore pas l'homme ;

Que l'homme n'a pas pour habitude de se préoccuper vraiment des autres prédateurs, ceux qu'on appelle *humains* ;

Que l'homme se contente d'attendre que les prédateurs humains fassent une connerie, pour être enfin en capacité de les punir ;

Que l'homme ne sait foutre rien de cette race de prédateurs, et qu'il se doit d'attendre la mort d'une petite fille pour se dire, *Ah oui, celui-là est bien un prédateur.*

Lalbenc se dit, *Je ne mettrai plus long feu à mourir, voilà, je suis Lalbenc, l'homme qui renifle une chaussette de petite fille.*

Il est tôt quand Roger Leroy réajuste sa cravate.

Le soleil ne s'est pas encore levé, ce n'est pas l'aurore, la fin de la nuit klaxonne et bouchonne, des milliers de travailleurs pauvres et d'étudiants désorientés parcourent Paris en tous sens, la foule se presse pour manger à sa faim, se bouscule et joue des coudes pour quelques secondes supplémentaires de sérénité avant l'arrivée de la deuxième vague de gens pressés. Le temps est encore au relatif silence des gens qui ne parlent pas et se contentent d'écouter les bruits de la ville. Roger perçoit tout ça, conscient d'appartenir à cette clameur matinale, à cette horde de gens qui se lèvent tôt, persuadés d'accomplir par là un semblant de destinée, puisqu'il paraît que l'avenir appartient à ceux qui se lèvent avant le soleil. Il sent une certaine connivence avec tous ces travailleurs aux yeux pochés et parfois noirs. Il a une chance immense : se lever pour un travail qu'il aime, tandis que des centaines d'ouvriers traversent Paris pour pointer dans une usine qu'ils détestent. Mais il y a cette fraîcheur matinale et les lumières de la nuit qui lui donnent l'impression d'être leur complice. L'impression étrange que le peuple est avec lui, que cette journée est sa journée.

Roger enfile sa veste de costume et rejoint le chauffeur qui l'attend au-dehors. Tous les assistants parlementaires sont déjà sur le pied de guerre, Thibault aux avant-postes. Victorine patiente dans son cabinet, les mains jointes et le visage fermé. Elle attend de voir son champion gravir les marches de l'Assemblée. L'estomac noué, il s'engouffre à l'arrière de la voiture en serrant fort son attaché-case entre ses bras. Il n'y a ni flash-back ni retournement de situation dans son esprit tout entier tendu vers son unique but : la promulgation de sa loi. La pensée qu'il accorde à Nicolas est évanescente et n'existe qu'en rapport avec ce qu'il a écrit sur les feuilles blanches dans sa pochette. Il est à la fois loin et proche ; une blessure inguérissable et un passeport pour le succès. Il se force à ne le voir que comme cela : un fantôme tout juste sorti de son placard et qu'on va tâcher d'y faire rentrer. Ne surtout pas laisser affluer les souvenirs, ne surtout pas se laisser aller à une tendresse inopportune et malvenue, dans la mesure où cette tendresse était en jachère, avant que toute cette affaire n'éclate. Pourquoi accorder plus d'importance à Nicolas aujourd'hui.

Dans moins d'une heure, il lira devant les députés le dernier discours de cette proposition de réforme, il y mettra ses tripes, son honneur, une des parts les plus intimes de sa vie qu'il n'avait jamais voulu exploiter jusqu'à présent. Il y dira comme il est prêt à sacrifier les liens de sa propre chair, les atomes proches et l'ADN frère, il lira les mots *probité, sacrifice, désintéressement*, il martèlera ses idées sur la cohésion sociale, l'assainissement d'une société malade, l'honnêteté qui consiste à ne jamais faire d'écart pour soi, quand bien même on aime son frère. Si la Société décide que Nicolas doit mourir, eh bien soit, il faudra bien en passer par là, parce qu'il n'y aura pas de passe-droit. Roger expliquera, le ventre noué et la gorge en feu, combien il a toujours haï les gens indulgents avec eux-mêmes mais intransigeants envers les autres. Qu'il n'y a pas pires que ces hommes de bien qui clament qu'*eux, ce n'est pas pareil*.

Roger s'érigera en exemple.

Il aura mal, oui, une souffrance que personne ne peut lui dénier. Il aura plus mal qu'il veut bien se l'avouer, mais il fera son devoir, c'est là ce qu'on attend d'un homme ; qu'il fasse son devoir, qu'importent ses tristesses et ses désillusions.

Grégoire Maréchal admet que la partie d'échecs est déjà terminée, mais il ira jusqu'au bout, pour respecter ce qu'il aime le plus en lui et qu'il refuse d'abdiquer : son panache. Il a la conviction, comme tout un chacun, que Nicolas Lempereur est un argument d'autorité efficace. Coupable ou non, dans le fond, nul ne le sait, et c'est trop tard. À ce stade, personne n'ose se le dire mais tout le monde le pense, Nicolas Lempereur doit mourir. La haie des journalistes est déjà là, le long des cordons où l'on entend les crépitements. On s'arrête un instant sur les marches pour saluer, on tient sous le bras des livres qui parlent pour nous, selon que nous sommes pour ou contre la peine de mort. C'est beau comme du septième art. Roger oscille entre deux pulsions contraires ; savourer chaque seconde de l'instant à venir ou prier pour être déjà au lendemain. Son triomphe sera aussi une lourde condamnation ; le milieu de la nuit, au moment où les députés voteront, sera l'aboutissement de vingt années de réflexion et de combat. Mais il ne lui viendrait pas à l'idée de penser que c'est aussi un combat contre lui-même. C'est avec la Société qu'il veut en découdre, le reste n'a que peu d'importance. C'est ainsi qu'il doit penser les choses parce que c'est la seule manière de tenir debout, après la dévastation d'un beau succès, après la dévastation d'une vie que l'on voulait aussi précise qu'une horloge suisse.

La tribune ne lui a jamais semblé si haute, à la fois inaccessible et familière.

Il ajuste ses feuilles devant lui, numérotées et remaniées sur ordinateur. Il se racle la gorge mais il ne parle pas encore. Au contact des autres, notamment de Grégoire Maréchal à son corps défendant, il a appris à surpasser ses capacités oratoires. Il a compris comment captiver son auditoire, comment jouer de son buste et de ses bras, comment utiliser le silence, dans une société où celui-ci est perçu comme la pire des tortures, comment faire monter la pression face à un auditoire pour être dorénavant certain qu'il n'a plus qu'une seule envie, nous écouter. Poser sa voix, la faire aller crescendo, les nuances subtiles des sentiments dans le tremblement contrôlé des cordes vocales, cette petite nervosité qu'il ne faut pas avoir peur d'exploiter parce que les gens aiment détecter la faille minuscule, si petite qu'elle est pardonnable. Les gens n'aiment pas les êtres parfaits. Roger ne s'est jamais senti aussi prêt et aussi dévasté. Et cette ambivalence fait tout son charme, son atout majeur pour le succès. Il se permet d'interpeller Maréchal, n'hésitant plus à se hisser jusqu'à lui, alors que, jusqu'à présent, il était entendu qu'il n'avait pas la primeur des joutes oratoires. C'est un moment d'art où la mort ne plane pas, alors que l'on ne parle que de cela. C'est un moment de pure abstraction entre deux ténors qui se livrent un duel à coups de Code civil et de morale républicaine, comme si les conséquences de ce jeu de dupes n'étaient pas le risque de voir des têtes tomber dans un panier en osier.

Grégoire Maréchal croit en la force de ses arguments, mais aujourd'hui, on n'accorde plus aux arguments le poids qu'ils peuvent avoir. Convaincre ou persuader est devenu dérisoire, tout le monde a en tête la photo de ces hommes qui attendent leur heure en prison, parce que le pays veut les voir morts, pour prouver au monde entier que l'époque n'est plus à la bienveillance.

Lorsque Roger redescend de la tribune, les applaudissements sont si forts qu'il n'est plus question de douter. On se serre la main comme si le tour était déjà joué, au mépris des adversaires restés assis sur leur siège, à espérer encore une étoile filante qui défierait les pronostics. Une ferveur s'empare de l'hémicycle et Roger respire ce qu'il pense être un jour historique. Le paysage politique ne peut plus être le même. Il n'y a plus d'obstacles et ce n'est plus qu'une affaire de quelques petits jours avant que tout se mette en place.

*

Dans la même prison, deux hommes réceptionnent la nouvelle et ne l'accueillent pas du tout de la même manière.

L'un ferme les yeux et compte les jours avant son proche soulagement,

L'autre les garde bien ouverts dans l'espoir de vivre encore dans ce monde qu'il aime tant,

L'un meurt comme il a vécu ; seul,

L'autre fait le compte des gens qui l'aimaient et du talent qu'il avait encore en réserve,

L'un se réjouit qu'on n'ait pas à pleurer sa mort prochaine,

L'autre voudrait tant qu'on le regrette, qu'au moins une voix s'élève dans le lointain pour protester contre cette mort injuste.

Qui donc fleurira leur tombe.

*

Lalbenc se réveille en sursaut lorsque le gardien frappe contre la porte de sa cellule.

— Tu as de la visite.

Il se redresse, perplexe. De la visite… mais jamais personne ne lui a rendu visite. Cela fait des années qu'il n'a pas d'interactions sociales, comme dit la psychologue, que personne ne se soucie de son sort.

— Qui c'est ?

— Je préfère ne pas te le dire, répond le gardien. Tu verras ça tout seul.

Il ose à peine sortir de son lit, sentant de loin venir le traquenard, la longue minute pesante en face d'un être humain. Mis à part quelques camarades de prison avec lesquels il s'entend un peu, ceux qui ne lui promettent pas de lui faire la peau et de lui couper *ses sales couilles de pédophile de merde*, il n'a que peu de contacts avec le genre humain. Le plus dur d'entre eux, sans doute, est ce Nicolas dont tout le monde parle. Il a entendu les mots : *célébrité, frère, tueur, pointeur*. Nicolas ne le terrorise pas par ses menaces et son extrême violence, non, parce qu'il n'est rien de tout cela. En Nicolas, il n'y a ni violence, ni injures, tout au plus dénote-t-on la révolte dans le fond de ses prunelles noires. Ce qui le terrorise, ce qui le gèle sur place et l'empêche un peu plus d'aller vers les autres au nom de ces sacro-saintes interactions sociales prônées par cette foutue psychologue, c'est la froideur et le silence. Nicolas est glacial. Dans son regard pointent une dureté et une réprobation pour tout ce qu'il est, pour tout ce qu'il représente. Lalbenc comprend que Nicolas déteste son passé, ses pulsions, sa personne. Voilà ce qui le glace le plus ; le jugement. Cela fait déjà quelque temps que son opinion est faite à son sujet. Pour lui, il ne fait aucun doute que Nicolas Lempereur n'est pas coupable et qu'il n'a rien à faire là. Il ne saurait expliquer d'où lui vient cette conviction, quelle sorte d'instinct le pousse à être à ce point persuadé de son innocence. Mais c'est qu'au cours de ses détentions, il en a vu d'autres, des comme lui. Il a deviné, sans être capable de placer tout à fait les bons mots, qu'il n'y a pas de profil type du violeur. Des points communs, ça, c'est évident. Des blessures, des images qui reviennent inlassablement. Mais entre eux, beaucoup se reconnaissent, dans leur souffrance et leur honte communes, car il y a ceux qui prennent du plaisir à revivre leurs actes, mais ils n'en font pas tous partie. Certains d'entre eux se vomissent. Nicolas n'est pas de ceux-là. En lui sourde la révolte d'être comparé à un Lalbenc. Et c'est que Lalbenc, ça, même si ça lui fait mal, il peut le comprendre.

Il en est là de ses pensées lorsque le gardien ouvre la porte du parloir et lui dit d'avancer. Il la voit, debout et droite en face de lui. Elle est vieille à présent, c'est à peine s'il la reconnaît. Il la reconnaît tout de même, derrière le plissé de la bouche, les rides prononcées autour des yeux et sur les joues, comme si des rivières et des fleuves avaient creusé de longs sillons sur ses joues rongées par la fatigue et le déshonneur. Voilà ce que disent ces joues ravinées par des torrents de larmes et quelques éclats de rire les décennies où Lalbenc est parti : la désintégration, la dégringolade de l'échelle sociale, la honte et le déshonneur, la peur des voisins et des réseaux sociaux.

Il la voit et il se demande quel mot il pourrait prononcer, si le plus important d'entre tous pourrait passer la barrière de sa bouche, après trois décennies à ne l'avoir plus jamais dit. Il se décide enfin, et c'est comme renouer avec une langue étrangère :

— Bonjour, maman.

Elle ne répond pas, baisse la tête mais avance un peu vers lui.

Si Lalbenc avait été du genre à avoir un peu d'espoir, cette vision à elle seule aurait suffi à le ramener tout entier à sa pleine réalité. Il va mourir, c'est une évidence. Il n'y a qu'un mort en sursis qu'on va visiter une première et dernière fois, au bout de tant d'années.

Elle aussi le considère, vieilli, grossi, grisonnant, l'air d'un homme respectable qu'on ne soupçonnerait pas si on le voyait passer à la terrasse d'un café. Elle se demande qui il est, s'il a encore quelque chose de commun avec le jeune homme qu'elle a jadis élevé. C'est en elle un mélange de curiosité malsaine, de dégoût et de culpabilité, une réminiscence de ce qu'elle avait éprouvé autrefois, mais on ne peut pas dire qu'elle aime ce qu'elle a sous les yeux. Ce n'est pas lui qu'elle vient sauver, mais elle, à travers lui. Elle cherche les mots qui la consoleraient, elle veut entendre de sa bouche ce qui laverait la salissure et la certitude d'avoir fauté. C'est son statut de mère qu'elle vient blanchir, une sorte d'absolution pour se dévêtir de cette couche de crimes qui ne lui appartient pas. Voilà ce qu'elle a passé tant d'années à se répéter : ses crimes ne sont pas les miens. Je n'y suis pour rien, je ne suis pas coupable, pas responsable, en aucun cas je n'endosse la responsabilité. Elle le pense pourtant chaque jour : la petite fille à la chaussette manquante ne fait que lui rappeler cette mauvaise pensée, lancinante. Alors elle lui demande, parce que c'est la seule chose qu'elle est venue chercher :

— Dis-moi, qu'est-ce que j'ai mal fait ?

Lalbenc baisse la tête. Que répondre à ça. Il n'y a pas de réponse à une question comme celle-ci. Il le sait, il a beaucoup lu sur le sujet : en psychiatrie, c'est toujours la faute de la mère. Au cours de l'Histoire, les plus grands psychopathes répertoriés avaient tous un truc nauséabond à régler avec la femme qui les avait mis au monde. Pour les uns, c'était la haine d'une mère castratrice et ultra-violente, dominatrice et n'ayant rien à envier à tous ces hommes que l'on qualifie de pervers. Pour les autres, c'était au contraire la honte de la soumission, à voir ces femmes insectes se courber, se replier, devenir transparentes, pour échapper aux coups et aux humiliations d'hommes amoureux de leurs poings. Si bien qu'on les déteste, ces bonnes femmes si promptes à encaisser les coups. Toujours la faute de la mère. Mais Lalbenc a beau connaître le sujet, il se tâte pour savoir quoi reprocher à la sienne. Sans doute est-elle un peu dans la deuxième catégorie ; celle des femmes qui la bouclent quand l'homme dit de le faire, ces femmes qui pleurent dans un petit coin mais viennent réclamer leur dose de caresses. Quelle caresse réclament-elles, d'abord ; un baiser dans le cou, une petite tape amicale qui flatte la croupe, un long baiser langoureux comme au temps de l'amour, du vrai. Tout cela est confus pour lui, parce que même s'il a une connaissance théorique fournie sur le sujet, jamais il n'a songé à l'appliquer sur cette entité lointaine appelée *maman*.

— Tu peux garder ton esprit tranquille. C'est moi qui ai un problème et qui dois le régler, pas toi.

Elle ne se contente pas d'une réponse comme celle-ci. Soit elle a été une bonne mère, soit elle a été une mauvaise mère. Il n'y a qu'une dualité possible dans son esprit catégorique qui ne veut qu'une réponse péremptoire. A-t-elle merdé, oui ou non.

— Non, t'as fait ce qu'il fallait, je crois. Je ne sais pas pourquoi je suis comme ça, personne ne sait d'ailleurs. Ne te torture pas avec des questions sans réponse, je ne sais pas pourquoi je suis comme ça.

Elle relâche ses épaules. Ce n'est pas tout à fait ce qu'elle était venue chercher mais la réponse la satisfait un peu, parce qu'il n'a rien de particulier à lui reprocher.

— Ne te fais pas de mouron comme ça, va. Si tu penses que c'est de ta faute, je peux te dire que non. J'ai essayé de faire mieux, mais je n'ai pas réussi.

Lalbenc ferait bien un pas vers elle, comme si quelque chose au fond de lui se réveillait, quelque chose qui dormait depuis bien longtemps. Une impulsion irraisonnée et gentille qui se nomme la tendresse. Mais il sent que c'est trop tard pour ça, que personne n'a envie de serrer dans ses bras un monstre dans son genre, même s'il s'agit de ta propre mère. S'il avance d'un pas, elle reculera de deux. Il n'a pas envie de la voir reculer devant lui, ce serait ce qui ferait déborder le vase. Il lui demanderait bien comment va son père, mais dans le fond, il s'en fout. Il n'a pas pensé à lui ces dernières années. Juste de temps en temps pour se demander s'il cognait toujours aussi fort.

Les deux Lalbenc se contemplent avec des yeux ronds. Il n'y a pas de mots tendres à échanger. Elle était venue chercher la confirmation qu'elle n'avait rien à se reprocher, pour son salut de vieille dame, avant de finir par mourir. Elle l'a obtenue, cette confirmation, elle peut donc repartir comme elle est venue, avec dans le cœur une vague de nostalgie, pour la mère qu'elle a jadis été et qui n'aura pas duré longtemps, pour les petits-enfants qu'elle n'a jamais eus, pour ce mari un peu fort en gueule et en muscles qui ne lui a pas laissé beaucoup de répit. Qui donc a pensé à elle, ces dernières années. Être la femme d'un Lalbenc, être la mère d'un Lalbenc, c'est un destin manqué.

Lalbenc pense à la chanson de Jean-Loup Dabadie.

Oui, c'est toujours un peu injuste de crever comme ça, alors qu'on n'a rien eu le temps de prouver. Alors qu'on n'a pas eu le temps de bien se connaître. Voilà ce qu'il emportera dans sa tombe, avec sa tête posée sur son ventre, entourée de ses deux mains ; les regrets de ne jamais avoir pu comprendre d'où venait son mal, les regrets d'avoir senti en lui son désir morbide empirer, alors qu'il rêvait de tout étouffer. Le regret de ne pas avoir trouvé de formule magique pour enfin être quelqu'un de bien. Lalbenc meurt en ayant conscience de sa monstruosité. Il ne meurt pas en paix, non, ce serait faux d'affirmer une telle chose, mais il meurt avec une sorte de lucidité accrue, celle qui lui dit qu'il n'y avait pas d'autre chemin à emprunter.

Il est six heures trente lorsque la porte s'ouvre, en grand : une sorte de spectacle dans lequel il joue le premier rôle, le plus grand de toute sa vie. Il a mis ses affaires en ordre et ça ne lui a pas pris plus de dix minutes. Il accorde quelques pensées à une ou deux femmes qu'il a aimées, sans plus, il évite les prénoms des jeunes filles qui fâchent. Il ne veut pas partir avec ses souvenirs douloureux qui le tachent de la tête aux pieds. Il se contente d'avancer en faisant le vide, la bouche pâteuse de la liqueur qu'il vient d'avaler, parce qu'on lui demande encore un peu de courage.

Lalbenc se rend compte que même si on a désiré ce jour de la délivrance, dans la seconde où tout se joue, le courage n'est plus au rendez-vous.

— Ferme les yeux, c'est mieux, lui glisse à l'oreille le bourreau.

Alors il ferme tout ; ses yeux, ses oreilles, son cœur, sa bouche, son ventre qui fait des soubresauts parce que la liqueur ne passe pas, son âme qu'il voudrait hermétique à la souffrance de la mort. À l'instant où il ouvre les yeux, il aperçoit l'image fugace de sa mère, vieille et marquée.

— Respire, lui murmure-t-elle dans le creux de l'oreille.

Respire.

Le monde entier fixe cette mort prématurée.

Le monde entier se questionne, se débat, s'interpelle, murmure, vocifère, argumente, gronde. Lalbenc est mort, la Société dit être soulagée. Justice a été rendue, mesdames et messieurs, justice a été rendue, pour cette petite fille, pour toutes les petites filles du monde entier. Tous les Lalbenc, noirs, blancs, juifs ou peaux-rouges, tous les Lalbenc, vous m'entendez, tous les Lalbenc doivent payer.

Grandiloquence dans l'interprétation,

Grandiloquence dans l'argumentation,

Roger Leroy en fait des caisses et sent comme son discours sonne faux. C'est pourtant ce qu'il a envie de prononcer, c'est exactement ce qu'il pense. Mais il ne sait pas le dire. Il n'a plus les mots, depuis qu'il sait que cette grandiloquence ministérielle s'appliquera lors de l'exécution de son frère.

La Société vous a entendus,

La Société va dans votre sens et vous comble.

Grandiloquence, toujours, là où il se voudrait éloquent.

Il n'y a pas de grâce

Paul a été flamboyant.

Certaines personnes douées ne trouvent l'apothéose de leur talent que dans l'énergie de leur désespoir. Si Paul s'est montré si valeureux dans sa défense, c'est parce qu'il savait qu'elle était vaine. Qu'importe. C'est encore plus beau de donner toute son âme dans le combat quand on le sait inutile. Après Lalbenc, Nicolas devait être le suivant. Il n'y avait rien qu'il pouvait faire pour changer cela. Mais pour la beauté du geste, pour prouver à Nicolas qu'il était de son côté et qu'il le croyait, pour coller une bonne fessée à *Paul le petit merdeux* qui ne mesurait pas les conséquences de ses actes, il s'est jeté dans la bataille avec assurance et tranquillité, ne laissant rien transparaître de sa nervosité et de sa peur de l'échec.

Je vis là tout ce que je ne voulais pas vivre, se dit-il en serrant la main de Nicolas. Ne pas participer, de près ou de loin, à l'exécution d'un être, ne surtout pas voir une tête tomber, et c'est pourtant celle d'un homme qu'il admire qui tombera dans le panier en osier.

Il avait dit : garder espoir, surtout, tant pis si c'est pour rien, juste pour gagner du temps, juste pour faire chier le monde, comme du poil à gratter dans le dos de Roger Leroy.

Il avait dit : interjeter appel de la décision, se pourvoir en cassation, ne rien laisser au hasard. Avec un peu de chance, le temps défilera, l'effet de mode se dissipera, et alors, la peine sera commuée en perpétuité.

Voilà sur quoi s'est fondé Paul, quand le verdict est tombé.

Dans la tête des jurés, pas de doute raisonnable. Il n'y a qu'une seule possibilité, qu'un seul meurtrier possible, *encore un assassin de femme*, hurle-t-on dans la rue. Puisque la peine de mort est à nouveau d'actualité, *fusillez-moi tous ces connards*, hurle-t-on dans les bars. Les preuves, le sperme, les griffures, l'absence de préservatif, un homme qui quitte l'appartement d'une femme au milieu de la nuit. Qui fait ça, franchement. Voilà ce que pense la majorité des gens, y compris l'avocat de la famille d'Ophélia King. Qui se vide dans le ventre d'une femme avant de se précipiter toutes voiles dehors à quatre heures du matin. N'est-il pas un peu coupable en soi. N'est-ce pas la preuve de la bassesse de cet être, n'est-ce pas la preuve qu'il a dû commettre un acte impardonnable, pour se sauver dans le noir et sans témoins.

Bientôt, on pourra plus baiser tranquille et partir vite pour ne pas voir la tronche du partenaire éphémère le lendemain, sans passer pour un assassin, se murmure-t-il dans la rue, dans les bars et dans les trains. Délit de baise, délit de peur de s'endormir dans le lit de l'autre, crime de la bienséance.

C'est là-dessus que s'est appuyé Paul, mais en vain. Il est des évidences contre lesquelles on ne peut pas se battre. Que faire quand toute la Société se dit prête à la mort d'un homme, comment combattre un tel mur.

Nicolas est adossé contre la porte du parloir, les yeux fermés. Il ne prend plus la peine de s'asseoir sur une chaise en face de Paul. À quoi bon respecter les convenances, à quoi bon la politesse et la courtoisie, puisque tous les recours ont été épuisés et qu'il ne reste qu'une certitude, sa mort prochaine. Paul est assis à côté de son client, négligeant la chaise installée là exprès pour lui. Il ne peut rien faire d'autre que poser une main tranquille sur l'épaule de Nicolas. Il sent la dureté de son muscle, le nœud près de la nuque, ce nœud qui dit *j'ai peur et je vais exploser de colère*. Le même nœud dans son ventre, à ceci près que Nicolas ne peut comprendre la crainte pour sa propre vie, la colère de quitter ce monde qu'on aime tant, non parce que c'est notre heure, mais parce que des gens en ont décidé ainsi. Des gens qui ignorent qui nous sommes, ce que nous ressentons, ce que nous aimons ou détestons. Des gens qui ne se demandent pas si, en d'autres circonstances, ils auraient eu plaisir à bavarder avec lui, à rire avec lui, à pleurer avec lui, si une amitié aurait pu naître d'une telle rencontre. Des gens qui se basent sur les faits, sur rien d'autre que les faits, en se disant que c'est la meilleure des solutions pour être impartial et toujours dans la Vérité de la Justice. Des gens qui ne peuvent ressentir un doute lorsque la preuve est biaisée, lorsqu'on lit dans le regard de l'homme l'incrédulité et le désespoir de ne pas avoir été compris.

Il n'y a personne pour me croire, voilà ce que se dit Nicolas.

Personne pour me croire.

Mis à part Paul, dont la certitude fait aussi partie du métier d'avocat. Ce n'est pas tout à fait la même chose, donc. Ce n'est pas la foi sincère et dénuée de tout intérêt, ce n'est pas la foi de l'ami ou du parent. Où sont les amis, d'ailleurs. Pas un seul n'est venu, pas un seul ne s'est compromis à venir jusqu'ici. Rester dans l'air du temps, c'est respirer les convictions du moment.

Qu'aurait fait sa mère, qu'aurait fait son père ; l'auraient-ils renié. Auraient-ils décidé d'appuyer la démarche de Roger. C'est là, adossé contre le mur, qu'il se rend compte que, même si son père poussait le débat toujours plus loin entre Roger et lui, pas une seule fois il n'a manifesté ses propres convictions. Pour quel camp penchait-il, impossible de le savoir.

Chacun des deux frères peut donc tirer la couverture à soi, se réconforter à l'idée que le père se serait rangé de son côté.

— Nous pouvons toujours déposer une demande de grâce auprès du président de la République, murmure Paul à côté de lui, mais sans grande conviction.

— À quoi bon ? répond Nicolas. N'est-ce pas ce président en personne qui a chargé mon frère de mener cette réforme ? Ce n'est pas pour gracier un condamné dans les semaines qui suivent.

— Les convictions fluctuantes, ça se serait déjà vu. Entre le président qui « à titre personnel » est contre la peine de mort mais ne gracie pas et celui qui n'a jamais été contre et gracie finalement, on peut s'attendre à tout dans le monde de la politique.

Mais l'idée de la grâce s'arrête là, brutale et froide comme un mort, parce que personne n'y croit.

Tout à coup, Nicolas se sent vide, lessivé. Il faut de l'énergie, une force vitale à toute épreuve pour encore éprouver le besoin de combattre, ce qu'il n'a plus. Chacun sait, malgré les quelques résidus d'espoir qui ne font pas une vérité, quand est venu le moment d'abdiquer. Nicolas sent que c'est là que cesse la bataille, qu'il n'y a plus de carte à jouer et qu'il suffit d'accepter ce qui ne peut être changé, de composer avec ce mot qu'il a toujours détesté, *la fatalité*. Là arrive le moment précis où il doit aller à la rencontre d'un mot nouveau, d'un concept que jusque-là il n'avait jamais envisagé, *la paix*. Cette paix immense et solide à trouver, la laisser grandir jusqu'à ce qu'elle prenne enfin possession de chaque parcelle de son corps, jusqu'à ce que, de sa main, elle apaise chaque cellule, chaque soubresaut d'épiderme, chaque battement de cœur un peu trop affolé. Trouver sa paix, la faire danser, regarder une dernière fois le ciel bien en face, se brûler la rétine d'un peu de soleil avant de fermer les yeux, enfin. Se dire, avec une acceptation si lumineuse que l'espoir s'en va à petits pas, sans brûlure ni douleur : *Je meurs bientôt*.

Nicolas Lempereur va bientôt mourir.

— Cela risque d'arriver vite, murmure Paul, encore plus doucement que tout à l'heure. Il vaut mieux songer à tout mettre en ordre, avant de partir.

Nicolas hoche la tête et note ce doux euphémisme ; avant de partir. Étonnant comme l'homme rivalise d'imagination pour ne pas avoir à prononcer ce mot : *mourir*. *Je vais mourir*, soit, voilà. *Tu ne reviendras pas*, chantait le poète aux soldats de la Première Guerre mondiale, *il est parti au ciel*, dit l'adulte à l'enfant endeuillé ;

Il s'est éteint,

Il s'en est allé,

Il a clamsé,

Il a taillé une pipe à son neuf millimètres,

Il a passé l'arme à gauche.

Mais jamais, non, jamais, *il est mort*.

Paul s'en va, lui promettant de revenir vite. Il sait qu'il peut être appelé à tout instant. Il est une tradition française qui a toujours été respectée ; entre le moment de la condamnation et sa mise en acte. Les choses vont vite, très vite. L'heure n'est plus à la cogitation, le nez pointé vers le ciel à travers les barreaux, pour se trouver une quelconque spiritualité qui apporterait une grâce nouvelle, sa grâce première, la contemplation de notre âme quand elle s'apprête à rejoindre ce que l'on croit être un firmament. Il n'y a plus que l'action, le tête-à-tête entre soi et les objets qui nous entourent ; ces objets qui, quelques heures auparavant, n'avaient que l'importance qu'on voulait leur accorder, mais qui, tout à coup, prennent la valeur d'un diamant, tant nos yeux s'y attachent, par peur de perdre les couleurs et les contours. Les doigts touchent, effleurent, explorent une dernière fois, la douceur de l'oreiller, le lissé d'une feuille de papier, la rugosité d'une mine de crayon, la fraîcheur de l'eau qui coule entre les phalanges, celle, plus fraîche encore, qui trouve son chemin à l'intérieur de la gorge, la chaleur au creux de la nuque quand on y passe la main pour caresser la racine des cheveux. Cette douce chaleur dans ce creux de la nuque, oui, celle-là même qui disparaîtra quand le couperet tombera. La caresser encore, cette nuque, encore et encore, jusqu'à rendre la pulpe de ses doigts grasse, boire toujours plus jusqu'à s'en faire éclater la vessie, pour se prouver encore un peu que quelque chose coule en nous. Ce petit quelque chose qu'on appelle le désir de vivre. Ce désir sensuel et exigeant qui pèse sur la langue quand on a soif, qui pèse sur la nuque quand on est fatigué, qui chatouille le bas du ventre quand on veut embrasser, caresser, mordiller, ce désir exaspérant aux heures cruelles de la nuit où nous sommes seuls à palper notre ventre.

Tout voir, tout sentir, tout goûter, une dernière fois.

Et puis s'installer à même le sol carrelé, écrire. Pas de chansons, pas de romans, pas de poèmes, il n'y a plus de désir de passer à la postérité, juste la honte de mourir à ce point sali dans le cœur des gens. La honte pour eux autant que pour nous, d'avoir pu croire, d'avoir *réellement* pu croire que Nicolas Lempereur avait en lui le désir de faire mal. Le désir de passer ses larges paumes autour du cou d'une femme et de serrer, serrer. Écrire son mal de vivre alors qu'on voudrait encore exister. Écrire sa peur de la solitude et du rejet, l'amour flamboyant pour une jeune femme qu'on a à peine eu le temps d'aimer, la peur du couperet et la honte que certains puissent être autorisés à voir l'intérieur de notre corps. Nos os broyés, notre chair mise à nu et fragmentée, notre sang qui gicle par à-coups, comme un geyser, et les gens autour qui regardent, les gens qui contemplent le cœur de la vie qui devrait rester à l'intérieur d'un corps.

Mon frère, vas-tu regarder ma tête tomber ?

Voilà ce que peut écrire Nicolas, tant qu'il est encore seul dans sa cellule.

Mon frère, veux-tu voir à quoi ressemble ma tête, une fois qu'elle est dans le panier en osier ?

Il ne l'a pourtant pas tant détesté, ce frère trop semblable pour qu'on ne cultive pas avec acharnement les différences. Des querelles de frères trop gâtés.

Mon frère, auras-tu le courage d'affronter ça ?

*

Roger raccroche. Paul vient de quitter Nicolas. Il n'a pas la force de rentrer chez lui, parce qu'il sera bientôt appelé par le procureur de la République. Roger est lucide ; tous attendent sa réaction. Va-t-il se terrer chez lui et attendre qu'on le libère avec un coup de fil, ou va-t-il se rendre sur le lieu de l'exécution pour regarder la mort de Nicolas Lempereur.

Il y fera face parce qu'il sait qu'il n'aura pas d'autre choix, s'il veut assumer sa réforme jusqu'au bout. Ce sera cauchemardesque, il faudra se forcer à garder les yeux bien ouverts sur la lame prête à s'abattre, une mare de sang qu'aucune autre image ne pourra jamais laver. Garder les yeux ouverts. Les yeux bien ouverts. Il se l'était promis, et à cette promesse il ne peut se soustraire ; ce serait toute l'idée qu'il se fait de la virilité sociale qui volerait en éclats. Comment prôner le courage dans ce siècle qui en manque, si dans le moment où la vie nous met à l'épreuve, nous nous terrons sous notre lit. Comment Roger Leroy pourrait-il devenir un loup qui se terre dans sa tanière.

Pour se donner une contenance, Roger trie les papiers restés sur son bureau, ne se doutant pas, à cet instant précis, qu'un autre écrit pour lui. Qu'une lettre, bientôt, demeurera pendant des semaines sur son bureau, avant qu'il la relise à la lumière des faits nouveaux. Les locaux sont presque vides et calmes, Thibault est rentré chez lui depuis long-temps. Victorine est encore dans son bureau, inca-pable de dormir, prête à se lever d'un bond si le ministre a besoin d'elle. Elle voudrait l'entendre frapper à sa porte, sentir qu'il a besoin d'elle, que ses mots, en cet instant, seraient un baume puissant, l'unique baume dont il aurait besoin. Elle voudrait être utile à son chagrin. Une pensée plus insidieuse est là aussi, mais plus enfouie, car à cette heure, elle voudrait être plus l'amie que la directrice de cabinet. Mais elle songe aussi. Elle songe qu'elle doit être là si le ministre s'effondre un peu, elle doit tenir les rênes jusqu'au bout, jusqu'au point final de cette histoire, car il en va de la vie d'un ministère. Elle est celle qui doit faire accepter à Roger sa propre réforme. Elle est tout à la fois Richelieu et Mazarin, elle se veut l'émi-nence grise que l'on écoutera fatalement. Alors elle s'arme de patience, sachant qu'il est inutile de frapper à la porte de son ministre, car, tout entier dans sa douleur, il la repoussera. Elle va la jouer fine, elle qui aime ordinairement la jouer brutale. Elle sera faussement en retrait comme elle a toujours su l'être avec Roger ; lui glissant gentiment mais fermement les plus belles et péremptoires de ses résolutions, lorsqu'il hésitait encore sur la marche à suivre. Tout est une question de temps, dans la vie : elle s'est trop cassé les dents sur des choses qu'elle voulait *tout de suite maintenant* pour ne pas savoir jouer de stratégie, le jour de la mort de Nicolas Lempereur. Elle a été là, dans l'ombre, pour appeler les confrères européens et sonder leurs opinions réelles sur la peine de mort. Elle a été là, dans l'ombre, pour négocier point par point et marchander avec les députés qui auraient souhaité se désolidariser. Elle a été là, nuit et jour, il ne peut pas la lâcher maintenant. Mais il n'y a rien à faire, en cette nuit de solitude où chacun panse ses blessures dans son bureau respectif, elle se sent inconfortable. Un petit manque de confiance pointe, c'est insidieux mais c'est vivace. Devra-t-elle se tenir prête à donner sa démission, si jamais Roger se met à déconner. Quelque chose en elle le redoute.

Roger est aux prises avec un silence que viennent parfois troubler les échos des bruits de la ville qui arrivent avec difficulté jusqu'à son bureau. Il n'aime pas ce silence qui le pousse trop vers une introspection malvenue. Cela fait des jours qu'il se sent dans l'incapacité de maîtriser l'extrême nervosité de son corps. Son bras gauche est raide, ankylosé par la fatigue et le stress. Sa cage thoracique suffoque sous la pression des questionnements, les inévitables et légitimes interrogations, quand nous nous trouvons à une frontière que nous ne sommes pas certains de vouloir passer. Nicolas, c'est un petit bout de sa chair. Et lorsqu'il se prépare un café, la tasse reste suspendue dans les airs, comme si Roger n'était plus sûr d'être en mesure de maîtriser quoi que ce soit, même le plus anodin des gestes quotidiens. Il ne sait plus rien. Il a gagné, il devrait se satisfaire de ce magnifique constat en se saoulant et en trinquant à sa santé, au lieu de rester figé avec sa tasse de café, incapable d'exécuter le moindre geste, comme marcher jusqu'à son bureau.

La nuit est longue, les heures sont pesantes, rien ne se passe comme il l'avait souhaité. Tout s'entremêle dans un tourbillon de sentiments et de sensations qu'il n'est plus certain d'être en capacité de contrôler. Il n'arrive pas à rester assis, c'est physiquement impossible. Il arpente la pièce, l'estomac sans cesse harcelé par la tonne de café qu'il a ingurgitée.

Roger Leroy n'arrive plus à savoir s'il s'aime ou non.

Pire, se dit-il, *est-ce que je me respecte.*

Pour se redonner du courage, il consulte à nouveau le dossier concernant son frère. Il se remémore les faits, les preuves accumulées, le cou violacé d'Ophélia King, le sperme, tout de même ! Devant tant d'ignominie, il tente d'oublier les brins d'ADN, l'histoire familiale, la douceur du visage de sa mère, quand elle a emmené Nicolas jusque dans sa chambre, pour la première fois. Une part obscure et très enfouie lui murmure que ce ne peut pas être ça, que le monde s'est forcément trompé, qu'un enfant aussi innocent, la main glissée dans celle de la plus remarquable des femmes – une femme capable de donner un amour inconditionnel à l'enfant de sa rivale –, ne peut pas être coupable d'un acte aussi barbare. Cet enfant-là, aux grands yeux noirs stupéfaits devant une maison qu'il ne connaissait pas, cet enfant-là, qui s'accrochait à la main de cette femme en y reconnaissant tout ce qu'il y a de douceur et de bienveillance, d'amour de l'autre dans ce qu'il a de plus gratuit, ne peut pas refermer ses mains autour du cou d'une jeune femme.

Mais les preuves, bordel, se dit-il en tapant du poing sur son bureau. Une preuve, ça ne ment pas. Une preuve, c'est objectif et froid, il n'y a rien de plus matériel et de plus *vrai*.

La sonnerie du téléphone le sort de sa léthargie.

Roger sait ce que cette sonnerie signifie, à une heure aussi tardive. Est-ce que Paul reçoit le même coup de fil, est-ce qu'il sursaute de la même manière, la face blanche et décomposée devant le miroir de sa salle de bains. Réajuste-t-il sa cravate, comme Roger Leroy vient de le faire, se sent-il harcelé par un estomac au bord de la rupture, prend-il le temps d'appeler un taxi, en se disant que ses mains trembleront trop sur le volant de sa Maserati. À ce moment précis, Roger ne sait pas encore s'il attendra dans la cour, devant le vélum que l'on baissera sous ses yeux, ou s'il aura le courage d'entrer dans la cellule aux côtés de l'avocat et du procureur de la République. *Je verrai le moment venu*, se dit-il, se sachant dans l'incapacité de décider de quoi que ce soit à l'avance. *Je verrai le moment venu*, se dit-il, tandis que ses jambes le poussent dans l'escalier.

La tête de Nicolas Lempereur, quand elle tombe

Nicolas rit dans sa cellule.

Il vient d'achever sa lettre, celle qu'il n'aurait jamais imaginé écrire un jour, si le couperet n'en avait pas décidé autrement. Nicolas rit et se demande s'il n'est pas devenu fou. Il rit et ce rire, incongru, le stupéfie. Il avait effacé de sa mémoire les tremblements de sa voix et les soubresauts de sa gorge, par à-coups saccadés et délicieusement douloureux parfois. Il avait effacé de sa mémoire à quoi ressemble un rire depuis le temps qu'il n'en a plus entendu. Par ici on entend pleurer, par ici on entend hurler, parfois ce sont quelques sourires discrets, mais par ici, pour Nicolas, c'est la lie de l'Humanité qui se rejoint pour gémir sur ce que l'on perd en se perdant soi-même.

Alors Nicolas rit, à un rien de mourir, et c'est un ravissement.

Il entend les piétinements derrière la porte. Est-ce toute la clique prête à le voir mourir : là se situe la lie de l'Humanité. Non, ce sont les gardiens qui collent l'oreille à sa porte, dorénavant convaincus de sa folie. Ce type est dingue, il rit alors qu'on a reçu l'ordre de le préparer pour sa mort prochaine, dans la demi-heure qui vient. Personne n'ose ouvrir sa porte, personne ne veut se confronter à la folie d'un homme. On dit que le rire est contagieux, qu'il suffit de voir ou d'entendre rire quelqu'un pour le rejoindre. Alors les gardiens se posent la question : est-ce que Nicolas propagerait sa folie à travers son rire inextinguible ?

Puis tout à coup, ça s'arrête.

Le rire de Nicolas s'est éteint comme un feu privé d'oxygène.

Il se souvient de l'instant où il a commencé à rire, lorsque, ayant reposé son stylo, il s'est remémoré les dernières paroles de Danton à l'adresse du bourreau chargé de le décapiter : *Tu montreras ma tête au peuple, elle en vaut la peine.* Pourquoi cette réplique a-t-elle provoqué en lui un tel fou rire, alors qu'il se prépare à dire adieu au monde. Sans doute est-il allé plus loin qu'il ne l'imaginait dans son deuil de lui-même. Il rit des conneries prononcées par les autres victimes, pour lui, c'est un bon signe. Il avancera sûr vers l'échafaud, l'esprit lucide, encore tout à sa dernière crise de rire. Il ignore de quelle manière il réagira, s'il voit le visage de son frère se glisser dans l'embrasure de la porte. Est-ce qu'il viendra, Roger

Leroy. C'est qu'il a une lettre à lui donner, une lettre qu'il ne lira peut-être pas, qu'importe ; tout aura été prononcé. Nicolas sait qu'il y a des moments où l'on parle plus pour soi que pour l'autre. Qu'importe que la personne destinataire de nos derniers mots puisse en retirer un total déplaisir. Qu'importe qu'elle puisse se sentir froissée, mal à l'aise, au bord de l'anéantissement. Parler pour se vider, se libérer, mettre un bon coup de pied dans la fourmilière et partir dans la dignité. Voilà ce qui l'obsède. Voilà la véritable raison de ses dernières paroles couchées sur le papier. Il en a conscience. Écrire, parler, régler ses comptes une dernière fois en choisissant les bons mots, en les sélectionnant avec soin, c'est être capable de se sortir de n'importe quelle situation la tête haute. La dignité. Une humiliation, un amour non réciproque, une blessure d'amour-propre, l'éloquence est là, comme le lui a confié Paul, toute la beauté du verbe est là, pour nous assister, nous envelopper, nous fortifier, armer notre bouche d'une figure de style coup de poing comme d'autres enfilent des gants de boxe. Ne pas laisser à son adversaire la possibilité de répliquer. L'enfermer dans notre rhétorique, ne lui laisser aucune ouverture possible, aucune généralité dans laquelle il pourrait s'engouffrer pour malmener notre thèse.

C'est ce que Nicolas s'est appliqué à faire au moyen de cette lettre.

Il s'assure ainsi la victoire en ne risquant jamais la moindre réponse. Écrire ce n'est rien d'autre que converser en étant certain de ne jamais subir l'affront de se faire couper la parole. Et pour dire quoi, d'ailleurs ; s'entendre dire qu'on est un violeur et un meurtrier, encore une fois. Revivre le procès, devoir supporter l'apport de preuves que l'on ne comprend pas, ne pas pouvoir dire quelque chose d'aussi insipide qu'*on m'a piégé*. Se résigner à la culpabilité, c'est plus simple. Se résigner à l'oubli, plutôt qu'être mêlé à un quelconque complotisme.

Nicolas abdique, préfère mourir dans un ultime éclat de rire pour conserver ce qu'il estime être le trésor de chaque être humain : sa dignité.

*

Paul et Roger se serrent la main devant la prison.

On pourrait s'attendre à ce que le ciel soit lugubre, qu'il pleuve, que les nuages crachent quelques éclairs, mais il fait un temps splendide. S'il n'y a pas de moment opportun pour mourir, il est moins commode de voir sa vie s'abréger sous un ciel d'été. Il fait encore un peu frais en ce tout début de matinée, mais il est impossible de savoir si le frisson qui parcourt le dos des uns et des autres est lié à cette légère brise matinale ou à la perspective de voir bientôt couler le sang d'un homme. Chacun réajuste son manteau, tentant de faire quelque chose de ses mains, si ce n'est quelque chose d'intelligent, quelque chose d'utile au moins. La porte de la prison tarde à s'ouvrir et le procureur de la République manifeste quelques signes d'impatience. C'est qu'il n'est pas très à l'aise à l'idée de participer à cet étalage de la force d'État en présence du garde des Sceaux, frère du condamné. Il a beau se gratter le front, il ne comprend pas comment une telle mascarade a pu être acceptée. Il ne l'aime pas, ce Roger Leroy, sans doute – et c'est une concession qu'il planque tout au fond de sa gorge – parce qu'il a eu les couilles de mener à bien une réforme dont il aurait pu rêver. *Querelle d'ego, mon cher, querelle d'ego.* Alors il se ressaisit en reboutonnant son long manteau noir qui lui donne trop chaud, puis il se tourne vers Roger :

– Vous devez être impatient d'en finir avec tout ça.

Roger se demande ce que le procureur de la République entend par *tout ça.* Qu'englobe-t-il dans son panier. Une réforme éprouvante, la honte d'avoir pour frère un meurtrier, une tête qui va bientôt tomber. Paul range son éloquence. Il n'a pas envie de participer à une discussion aussi foireuse et tente de se faire oublier. La porte s'ouvre enfin, et clôt toute conversation, au grand soulagement de Roger qui savait savonneuse la pente sur laquelle il était sur le point de s'engager. Ne jamais trop en dire. Jamais. Garder pour soi ce qui appartient au domaine de l'émotion. Ne jamais oublier que nous sommes à une époque où le *off* n'existe plus : le ministre manifeste sa peine et c'est le monde entier qui le sait, le matin suivant. Tout le monde traverse le long couloir qui mène à la cellule de Nicolas et chacun a dans l'esprit que c'est le couloir de la mort. Dieu que c'est lugubre, pour Roger qui se revoit agenouillé dans le couloir de sa maison, à deux pas de la chambre de Nicolas, *Dieu que tout cela est bien sombre.*

Roger serre la main du directeur de la prison et note au passage que celui-ci s'empresse de ne pas le regarder dans les yeux. Il ne peut rien dire, le directeur, mais tout cela le laisse perplexe. Il a eu l'occasion de côtoyer Nicolas Lempereur pendant plusieurs mois et la courtoisie de leurs rapports a du mal à entrer en coïncidence avec l'idée que ce soit un violeur doublé d'un assassin. Les preuves sont là, il ne lui appartient ni de juger, ni de refaire l'histoire. Il se souvient d'avoir déjà eu affaire à des prisonniers modèles qui avaient commis les plus atroces des crimes lorsqu'ils étaient encore en liberté. Alors, en homme intelligent, il essaie de faire la part des choses en ne se laissant pas trop emporter par son empathie pour le condamné. Pour autant, il a du mal à se faire à l'idée que la tête de cet homme va bientôt tomber. Pour la simple raison qu'il n'a jamais réussi à imaginer Nicolas Lempereur en homme capable d'étrangler une femme. Tout cela sonne faux mais personne ne semble le voir, aussi se range-t-il à l'avis des professionnels qui marchent à ses côtés. Après tout, c'est leur boulot et ils le connaissent bien.

Le gardien ouvre la porte qui donne sur la cellule de Nicolas. La lumière crue du couloir éclaire une partie de la pièce plongée dans le noir parce que Nicolas, une fois sa lettre achevée, a décidé qu'il ne voulait plus de lumière. Il est enfermé dans sa culture chrétienne qui le plonge dans le besoin de nuit pour contempler sa mort en face. La lumière, c'est la vie ; adage vain et popularisé par les textes sacrés. La nuit, c'est la mort, la honte, la peur, les chagrins. À partir de quel moment la religion a-t-elle décidé que la nuit ne pouvait être que la mort et le Mal, se demande Nicolas. Qu'importe, cela fonctionne bien sur lui, comme sur à peu près tout le monde. Il se conditionne et laisse échapper sa lumière, parce que c'est plus facile pour lui de s'en aller ainsi. C'est donc l'esprit brumeux et presque ensommeillé qu'il accueille ses derniers convives, et les trois visages qui s'offrent à lui ne lui donnent plus envie de rire. Il reconnaît le procureur de la République qui avait réclamé sa tête lors des dernières heures du procès. Sa face est lugubre à l'aurore. Sans doute n'a-t-il pas dormi de la nuit, harcelé par les images qu'a fait naître en lui la décision qu'il a prise. Il reconnaît Paul et lui adresse un faible sourire, presque de manière mécanique. C'est ce qui lui fait le plus peur, dans toute cette mascarade : la facilité avec laquelle nous adoptons des mécanismes utilitaires pour continuer à tenir debout. Notre avocat est là, dans l'embrasure de la porte, et nous sourions, c'en est tellement banal et automatique que cela confine à la peur. Puis son regard se tourne vers la troisième personne présente dans la pièce et il reconnaît son frère. Il prend son temps. Il le contemple des pieds à la tête et franchement, information qu'il constate et qui lui fait plaisir, on peut dire qu'il ne paie pas de mine. Roger a les traits tirés, le masque de celui qui n'a pas connu de grasse matinée depuis une bonne vingtaine d'années, le masque cireux du condamné qui sait que même si ce n'est pas lui qui perdra sa tête, il passera le reste de sa vie à le payer.

Nicolas ne sourit pas, ne salue pas ; ce n'est pas une posture qu'il adopte, ce n'est pas un manque de courage, c'est juste qu'il n'a pas la moindre idée de la manière dont il doit s'adresser à lui. Il se contente de pointer son index en direction de la table. Roger suit du regard le chemin tracé par ce doigt pour tomber sur la lettre posée bien à plat sur la table. Son cœur se soulève quand il se dit qu'il va être forcé de lire ces mots. Il adresse un hochement de tête à Nicolas, pour lui signifier qu'il a compris.

Nicolas discipline une dernière fois ses cheveux bouclés, réajuste sa chemise, la rentre dans son pantalon. Se tourne vers le fond de la pièce pour enrober de son regard ce qui faisait la maigreur de son univers. Fixe le procureur de la République, le sourire qu'il lui lance l'invite à le rejoindre auprès du diable. Laisse Paul le serrer dans ses bras, une dernière fois, parce qu'il sait que pour un avocat, cette défaite suprême qui signifie la mort et le sang, est un poids lourd dans le cœur qu'il a besoin de partager. Nicolas n'a rien contre cette accolade virile qu'il ne partagera pas avec son frère venu voir sa tête tomber. Il se contente de frôler son épaule en sortant de la pièce, accompagné par le gardien, tandis que les trois membres du groupe venu le voir mourir, marchent dans son dos, tête basse. Fume la moitié d'une cigarette que le gardien lui tend, et la sensation de la brûlure dans ses poumons le réveille plus qu'il ne le voudrait, alors qu'il aurait aimé continuer à marcher l'esprit embrouillé, continuant à voguer dans les brumes de la nuit qui commence à s'effacer. Trottine plus qu'il ne marche, dans ce long couloir où tout le monde est pressé d'en finir. À l'autre bout se situe la cour et derrière cet immense velum noir se cache l'instrument de sa perte, mais c'est curieux, le petit groupe marche si vite qu'il n'a pas le temps de réfléchir, tout s'enchaîne à une vitesse vertigineuse et ses jambes le propulsent mécaniquement d'un point A à un point B sans qu'il ait pris conscience qu'il se dirige tout droit vers sa mort. Son cœur bat un peu vite, parce que lui a peur, bien plus que ce que les apparences laissent croire. Et l'homme est là, en face de lui, enfin, un homme propre sur lui et au garde-à-vous à côté d'une chaise qui lui est destinée. Il tient dans ses mains un rasoir et à ses pieds, une bouteille de whisky. Nicolas ne peut s'empêcher de penser aux paroles de Chris Stapleton, *You're as smooth as Tennessee whiskey / You're as sweet as strawberry wine*, parce qu'il aimait bien le whisky, avant. Il aimait la douce brûlure des alcools forts et la sensation douloureuse d'être vivant qu'ils te procurent, ce sentiment de perdition quand tu prends conscience de la vacuité de tout ce qui t'entoure, de l'atroce peur de mourir alors que tu ne sais même pas ce que tu fous sur cette planète. Alors il se laisse faire, il laisse les mains saisir ses épaules et le faire asseoir sur sa chaise. Il accepte la sensation du rasoir contre sa nuque, le déferlement de l'alcool dans sa gorge brûlée et la brutalité des liens qui entravent son poignet. Il prend le temps de distinguer la caisse remplie de sciure de bois qui accueillera sa tête dans quelques secondes à présent, et il écoute sa mère qui lui parle, *Courage, ça ne durera qu'un battement de cils.*

À l'instant de fermer les yeux sur ceux de Roger qui le fixe, comme pétrifié, ce n'est pas sa mère qu'il revoit, c'est Ophélia. Un court instant, il pense à l'injustice de sa mort et se dit que quoi qu'ils puissent tous en penser, elle ne sera pas vengée. Il a le cœur léger de se dire que sa mort est tout aussi injuste et qu'Ophélia, elle, est prête à l'accueillir, dans la certitude qu'elle a de son innocence.

Paul fait face, bien mieux que ce qu'il aurait cru. Il a plus de courage qu'il n'imaginait. Voilà, c'est fait. C'est ainsi que l'on juge un homme, se dit-il. C'est ainsi que les civilisations trop douces qui ne connaissent plus les guerres tuent leurs compatriotes pour tromper leur ennui. Parce qu'il faut passer le temps et que la Justice est le meilleur échiquier qui soit. Parce qu'on craint le ramollissement – des mœurs, des cœurs, des cerveaux, des valeurs –, on craint que sans quelques poings serrés sur la gorge des fauteurs de troubles la Société se livre à la décadence. N'était-ce pas là l'un des arguments de Roger, se dit encore Paul en contemplant le ministre, blême. Et ce que voit Paul, tout à coup, coupe court au déferlement de ses pensées. Roger n'est pas seulement livide, il est comme hypnotisé. Personne n'a songé à l'arrêter, personne n'a songé à se jeter en avant pour le protéger, personne n'a songé à faire de son corps une barrière entre la tête de son frère et ses yeux trop grands ouverts. C'est trop tard. Roger est agenouillé devant le panier, les yeux plongés dans ceux de Nicolas. Chacun des membres ayant assisté à la scène parlera de folie à l'état pur, de perte de raison instantanée lorsque la lame de soixante-dix kilos s'est abattue, chacun décrira avec beaucoup de lyrisme les genoux du ministre sur le sol et personne ne se doute à ce moment-là que ses genoux épouseront un autre sol, dans quelques mois, celui d'un cimetière.

Qu'arrive-t-il au ministre,
On ne sait pas,
Il a quand même du chagrin,
C'est légitime,
Mais enfin il s'attendait à quoi,
Est-ce que sa raison vacille.

Personne n'a de réponse, dans ce temps suspendu où Roger fixe la tête de son frère. Ce qui ne dure en réalité pas plus de trente secondes semble une éternité aux témoins.

Mais ce que voit Roger – et que personne d'autre ne semble remarquer –, il ne saura pas l'expliquer, ni l'écrire avec précision dans son carnet. C'est un moment flou de sa mémoire, un instant de fantômes et de monstres à l'instar des terreurs fantastiques de l'enfance, de Shelley à King en passant par Lovecraft. C'est sa propre terreur qui lui parle mais il n'y a plus personne pour lui tenir la main. Tout son être lui crie que ce qu'il voit n'est pas réel, que ce n'est que le fruit d'une imagination dopée par le manque de sommeil et l'angoisse suprême de l'instant T. Mais Roger est ferré et rien ne peut le libérer des ventouses du doute. Voilà ce qui l'a fait avancer, lorsque la tête de Nicolas a rebondi mollement sur le tas de sciure de bois, voilà pourquoi il n'a pu faire autrement que de se pencher vers elle, quand la tête est tombée mais que les yeux l'ont regardé. Oui, c'est bien cela, il se fout qu'on puisse se foutre de sa gueule : les yeux l'ont suivi, les yeux l'ont regardé s'agenouiller, les yeux ont cligné quand il a murmuré, *Nicolas ?*, les yeux ne sont pas morts tout de suite, les yeux l'ont jugé, l'ont contemplé, l'ont suivi dans son anéantissement physique au point d'épouser le béton, les yeux ont tout vu alors qu'ils n'avaient plus de corps.

Nicolas ?

Trente secondes qui paraîtront dix ans, où Roger se sent épié, avec curiosité et stupéfaction.

Tu sais que tu es mort, Nicolas ?

Et l'œil gauche a cligné. Roger voudrait en appeler à la science, aux terminaisons nerveuses, comme ces lézards que l'on découpe vivants et dont le corps continue de trembler. Il voudrait se relever avec désinvolture en disant qu'il ne faut pas avoir fait Polytechnique pour connaître les bases élémentaires de la plus petite des notions de biologie, mais il en est incapable. La raison se meurt sous le regard de Nicolas.

Nicolas, tu t'en vas, à présent ?

C'est moche et humain, il en a conscience, mais il voudrait que le regard s'éteigne plus vite, il est pressé de le voir s'éteindre. Il faut que le regard meure tout à fait pour pouvoir enfin s'y arracher.

Nicolas, ça y est ?

Une main saisit son épaule, c'est Paul qui l'aide à se relever. Il faut l'arracher de cette vision, le forcer à s'extirper du regard figé de son frère, ce regard mort qui semble juger. Paul n'est pas dupe, il a compris ce qui vient de se jouer sous ses yeux, mais il a encore la lucidité de penser que les hommes ici présents ne sont pas animés des meilleures intentions. *Relève-toi, bouge d'idiot,* murmure-t-il en contemplant le procureur de la République du coin de l'œil. Il est aussi blanc qu'une piste de ski, lui aussi, mais il a noté l'information dans un coin de sa tête et saura s'en souvenir : le ministre s'est écroulé devant la tête décollée de son frère.

159

— C'est bien ce que tu voulais voir, non ? glisse Paul à l'oreille de Roger.

Roger se contente de le regarder, mais il ne lui répond pas.

Oui, ce courage-là, il le désirait. Pour le moment, tout est mort en lui, il en est conscient. Il ne lui faudra compter que sur sa force, cette capacité quasi infinie qu'il a toujours eue d'être capable de se redresser sur ses deux jambes pour continuer à avancer, quoi qu'il en coûte. Cette victoire irrésistible de la vie qui l'appelle chaque fois. Il connaît la meute prête à gratter à sa porte, et le champ de ruines qu'il n'a pas envie de voir naître. Il sait qu'il en voudra à Paul, plus tard ; il n'est pas impossible qu'il ait la dent dure. Pour aujourd'hui, il accepte son bras tendu, cette porte de sortie aussi radicale que salutaire, dans l'instant où il ne peut plus détacher ses yeux de la tête de son frère. Il ne fait plus attention aux autres hommes présents dans la cour. Il ne les regarde pas, pour ne pas avoir à lire dans leur regard.

En marchant vers la sortie, toujours soutenu par Paul, il tâte la poche intérieure de son veston pour y sentir sous ses doigts la présence de l'enveloppe. La lettre de son frère est là, glissée contre sa poitrine, et cette légère sensation de brûlure le maintient en vie, parce qu'il sera vaincu par sa curiosité et qu'il n'aura d'autre choix que de la lire. Ça le brûle, à l'endroit même où il n'aura de cesse d'être consumé. Ça le brûle si fort qu'il sent que son cœur va s'arrêter.

Ça s'emballe à l'intérieur, il ne peut plus rien contrôler. Des bruits parviennent jusqu'à eux et déjà Thibault se fraie un chemin pour rejoindre Roger.

— Les journalistes sont là, je suppose que vous préférez les éviter.

Roger acquiesce. Il y a de longues minutes comme celles-ci où nous avons l'impression que plus jamais nous n'aurons l'envie de parler.

Thibault le pousse dans la voiture et c'est cet instant que choisit Roger pour tout lâcher. Thibault sera témoin, tant pis, un jour il fera une superbe émission télé dans laquelle il monnaiera ses confidences : *J'ai vu le ministre s'effondrer dans une voiture teintée, c'est pourquoi vous n'avez rien vu, je suis un témoin privilégié.*

Roger sent combien ça brûle à l'endroit du cœur, là où il a glissé la lettre. Un long picotement douloureux, lancinant, s'insinue dans un point précis de sa cage thoracique, force le passage dans son bras gauche. Il ne sait plus ce qu'il voudrait agripper, la lettre, ou son bras de plus en plus ankylosé. Plus il pense à la lettre nichée au chaud contre sa poitrine, plus son bras semble sur le point de se détacher du reste de son corps.

— Vous allez bien, monsieur ? demande Thibault, affolé par la pâleur qui envahit le visage de Roger Leroy.

Roger ne répond pas. Des perles de sueur cheminent le long de son front, il lui est impossible de dire s'il a chaud ou s'il a froid. Il voudrait déboutonner sa chemise, ôter sa cravate, se mettre nu, pourquoi pas. Il voudrait respirer, retrouver ce souffle qui peu à peu s'échappe de son corps. Tout l'étouffe, entre ses vêtements, l'habitacle irrespirable, le regard lourd de Thibault posé sur lui, comme le vélum sur la guillotine. Tout lui donne envie de hurler.

Je fais une crise cardiaque, se dit-il. *Une putain de crise cardiaque.*

— Je veux rentrer chez moi au plus vite, trouve-t-il la force de répondre à Thibault, tandis que sa voix se perd dans un petit souffle rauque.

— Vous ne préférez pas qu'on vous emmène à l'hôpital ?

— Faites ce que je vous dis, bordel !

Thibault note la grossièreté et prendra le temps d'en être vexé plus tard. Pour le moment, il croise le regard du chauffeur et lui adresse un signe de la tête. Soit, allons chez le ministre, si c'est ce qu'il désire. Mais ce ne sera pas sa faute s'il crève chez lui, ce soir. Il aura fait tout ce qui était en son pouvoir pour le mener vers un centre de soins. Que les choses soient dites. Il prendra tout de même le temps d'appeler Victorine, comme ça, ce sera son problème à elle, ses éclaboussures. Quelques motards les suivent encore, des journalistes munis de caméras embarquées. On veut la réaction de Leroy, à chaud, brûlante. On veut ses larmes ou son indifférence, on le veut terriblement humain, parce que l'opinion publique a beau être favorable à la peine de mort, il y a quelque chose de

162

l'ordre de l'impardonnable dans la situation de Roger Leroy. Quelque chose comme une tache qu'il faudra laver, savonner, frotter avec vigueur pour que l'impression de salissure s'en aille. Le chauffeur fait quelques allers-retours qui ne servent à rien, il brûle son carburant dans l'espoir de lasser les journalistes, et la tentative semble fonctionner. À force de détours improbables et de feux rouges à devoir brûler, les chauffards abandonnent leur mission les uns après les autres, si bien que Leroy va pouvoir crever tranquille sans qu'aucun journaliste puisse en témoigner, songe Thibault.

On l'abandonne devant chez lui, vacillant. Roger refuse le bras que lui tend Thibault. Sa merde, il va la gérer seul. Ce cœur qui s'emballe au point de se rompre, il va le gérer seul.

Il monte les marches de l'escalier,

les compte pour se donner du courage,

allez, encore une, encore une, encore une,

son cœur ralentit et accélère à mesure que ses poumons manquent d'air,

Roger croit vraiment qu'il va crever là, sur le palier, devant chez lui,

encore une, ça y est, la dernière,

nous y sommes, à la porte de notre mort,

je vais crever,

je ne survivrai pas à ses yeux,

non,

impossible.

Il trouve la force d'insérer la clé dans la serrure quand tout à coup, ça explose. Roger se courbe, la tête vers le paillasson. Il oscille entre se cramponner à son ventre ou à son bras, puis c'est son œsophage qui se déploie. Il vomit tout ce qui venait d'entrer en lui par le biais de ce regard, ce regard de mort-vivant qui juge et qui condamne à la perpétuité. C'est bien pire que la mort. Il le sent, c'est un cauchemar éveillé, le genre de songe duquel on ne sort jamais. Il ne pense pas à nettoyer et laisse sur le palier de sa porte tout ce qui ne peut plus vivre à présent. Épuisé, il se contente de sortir la lettre de sa poche intérieure, froissée de sueur, il la pose sur la table basse et la fixe, hébété, son bras est si lourd qu'il n'est plus sûr d'être capable de soulever ne serait-ce qu'une fine feuille de papier.

Cher Roger,

Mon frère.

C'est facile à écrire, pourtant, tu vois. Mon frère, mon frère, mon frère. Pourquoi n'avons-nous jamais réussi à nous le dire. Quel mur s'est érigé entre nous, au point d'en oublier ces mots simples, ces mots naturels et sans pudeur, ces mots de chair, de querelles et d'entraide, ces mots qui auraient pu nous bâtir tout autres : mon frère.

Ne te méprends pas, lorsque j'écris « auraient pu nous bâtir tout autres ». Ne va pas t'imaginer que par là, je sous-entendrais que cette absence de lien affectif, cet amour dérisoire arraché à sa racine, aurait fait de moi un violeur et un meurtrier. Je n'ai pas tué Ophélia. Il faudra que tu lises encore et encore, ce petit morceau de vérité. Quand bien même d'obscures preuves viennent chanter à tes oreilles un refrain différent : je n'ai pas tué Ophélia. Je meurs dans quelques minutes, à présent, et si l'on excepte Paul, dont cela reste le boulot, je suis le seul à croire en cette affirmation, que je martèle et continuerai à marteler au-delà de ma mort : je n'ai pas tué Ophélia.

J'ai toujours pensé que cette animosité entre nous était le fruit d'une histoire qui nous avait été imposée. Et je m'imaginais qu'avec le temps cette passion deviendrait tout au plus de l'indifférence, si ce n'est, plus tard, une relation de frère à frère. Ce que je n'imaginais pas, en revanche, ce que jamais je n'aurais pu envisager, c'est que j'allais devenir un instrument de réussite (mais pas la mienne).

Je me souviens de mes cinq ans et de ton immense maison blanche, qui allait aussi devenir la mienne.

Je me souviens de la main de ta mère glissée dans ma main, ta mère qui allait aussi devenir la mienne.

Je me souviens de ton anniversaire,

Je me souviens de la catastrophe qui se lisait sur ton visage,

Ton visage blême de comprendre en un fragment de seconde que cet amour qu'on te devait était en fait partagé, depuis de trop nombreuses années, dans ton dos, sans que tu en saches rien,

Je me souviens de tes pas dans le couloir qui s'arrêtaient devant ma porte de chambre, parce qu'il y a eu une époque – oui, je l'affirme –, il y a eu une époque où tu serais bien entré dans ma chambre, pour, qui sait, te glisser dans mon lit, jouer, lire, éclater de rire,

Je me souviens qu'il aurait pu y avoir de l'amour,

Alors, où cela a-t-il raté.

J'imagine que tu vas venir dans quelques minutes voir ma tête tomber. Et toi tu ne sauras jamais combien ces mots pèsent sur mon poignet. Imagines-tu ce que c'est pour un homme que d'écrire, *dans quelques minutes je vais mourir*. Dans quelques minutes je vais mourir, ce ne sera ni de mon fait, ni de maladie. Dans quelques minutes, on va me tuer.

Crois-tu rendre service au monde en laissant la possibilité de la désespérance s'installer dans le cœur des hommes.

Crois-tu qu'ils seront meilleurs, les êtres appartenant à l'espèce humaine : les alcooliques, les chômeurs, les chauffards, les PDG d'entreprise qui achètent notre mort à trente ans, à coups de pesticides et de plastique, les femmes fatales et les femmes enfants qui montrent leur nibards à la télé, les flics qui étranglent des retraités dont le tort est de manifester, les enfants qui se diront être nés dans un monde où l'État s'arroge le droit de faire ce que bon lui semble de ta tête,

Crois-tu qu'à mon instar ils seront nombreux, les gens de pouvoir et d'argent, à entrer leur tête dans la lunette de l'échafaud, quand tant d'enfants de stars écopent de deux jours de travaux d'intérêt général, tandis que d'autres se prennent cinq mois ferme pour un vol de pâtes ou de boîtes de thon,

Crois-tu que tu te sentiras meilleur, après avoir vu le sang battre le pavé, après avoir senti l'odeur chaude du sang, l'exacte odeur de cochon qu'on égorge, en souvenir de nos années de visites à la ferme,

Crois-tu que c'est beau, un être humain que l'on mène à l'abattoir.

On a coutume de dire que la vérité finit toujours par éclater.

Je ne sais pas si ma vérité éclatera un jour. J'ignore si je serai réhabilité, blanchi dans la mort sans que cela puisse me faire ni chaud ni froid.

Mais tu devras faire avec cette vérité nue et simple que j'emporte avec moi dans la tombe : je n'ai pas tué Ophélia.

À toi,

N.

S'être trompés

C'est l'histoire d'une autre Ophélia King.

L'histoire retiendra qu'elles sont pratiquement les mêmes.

C'est l'histoire d'une fête toujours recommencée, entre amis qui se réconfortent de drames anciens avec des verres trop bus.

C'est l'histoire de musiciens qui organisent une soirée en l'honneur de leur ami décapité : l'idée que Nicolas Lempereur était innocent sera communément acceptée.

C'est l'histoire d'une autre jeune femme habillée des mêmes rêves et de la même instabilité, l'histoire de la même rencontre amoureuse, des mêmes projets à concrétiser, autour d'un verre, puis d'une rue, puis d'un appartement, puis d'un lit.

C'est l'histoire d'un drame qui déroule ses actes sans que quiconque y lise le moindre signe d'alerte, la moindre familiarité.

Tout au plus se dit-on que l'amour ne naît que comme ça, dans les soirées où les inhibitions se déshabillent, où la conscience de soi devient plus claire et qu'on saisit son destin coupe de champagne après coupe de champagne.

L'histoire ne retient pas que la rencontre sent le réchauffé et que quelque chose ne colle pas dans cette configuration astrale qu'est notre vie dans laquelle règne le chaos des imprévus.

Et pourtant.

Vanessa écrit, chante – mieux qu'Ophélia –, elle peut prétendre à plus encore et sait la chance d'être là, ses fesses sur le canapé du bassiste de Nicolas Lempereur, entourée de gens dont le talent n'est plus à prouver. Vanessa ne pense qu'au destin qu'elle se tisse, elle est occupée à son propre sort et ne songe pas à la fête identique qui s'est déroulée il y a un peu moins de six mois. Elle a la chance de posséder de l'or aussi bien dans ses doigts que dans sa gorge. Vanessa n'est pas sûre de croire en l'innocence de Nicolas Lempereur, aussi ne voit-elle pas les rapprochements de destin entre elle et Ophélia, mais elle se garde bien d'énoncer ses certitudes à haute voix, si elle veut que les contrats pleuvent.

Maxence, le guitariste, n'a pas envie que l'histoire s'arrête là. Il n'y a plus de chanteur, c'est vrai, mais nul n'est irremplaçable. Il s'installe alors à côté de Vanessa dont il connaît la réputation par l'entremise d'amis et il pose sa guitare sur ses genoux. Il se dit que le destin est toujours habile avec ses coups de dés, en contemplant la fille aux cheveux courts, là, à côté de lui, dont la voix feutrée et chaude est parvenue jusqu'à lui. Maxence ignore qu'il finira sous peu entre ses bras parce qu'il n'a rien anticipé de tout cela. Ce qui se joue entre eux, c'est la musique, la perspective de survivre parce que la mort du groupe, c'est la mort de leur rêve. Et si Vanessa était la clé pour survivre à ces mois de désert et d'ombre.

Vanessa chante. Une chanson que Nicolas avait interprétée quelques mois auparavant, et la coloration de sa voix donne une autre dimension à ce refrain que l'on connaissait si masculin. En une minute et trente secondes, le groupe a acquis la certitude qu'il est sur le point de renaître, grâce à la voix d'une femme. La pièce s'est tue, seule la voix de Vanessa trouve son écho dans le salon. C'est bon signe, Maxence le sait. Le silence autour d'eux est éloquent. On reconnaît le talent, partout où il pose ses ailes. Vanessa vient de faire une entrée fracassante dans le monde auquel elle aspire depuis plus de dix ans.

Mais Vanessa ignore que ce soir elle est une rose.

Elle vient d'éclore et dans les heures qui bordent la nuit, elle sera morte. Elle vient de naître, aux yeux de gens qui sacralisent la musique au point de la sacraliser, elle. Elle vient de fleurir et déjà, la main d'un homme se chargera, dans quelques courtes heures à peine, d'arracher ses pétales, un à un. La main d'un homme qui ne reconnaît pas la voix singulière d'une femme. Vanessa chante et elle ignore que si des hommes sont à l'écoute des femmes qui chantent, des femmes qui écrivent, des femmes qui pensent, d'autres ne songent qu'à la chaleur humide qui dort entre leurs cuisses, ne rêvent qu'à leur satiété, sans se soucier de savoir que par leur geste, ils feront mourir ce feu à tout jamais.

Maxence sait déjà que ce soir, il ne peut exister d'autre femme que Vanessa. La guitare est posée sur leurs genoux, elle fait comme un pont entre eux qui savent sans le dire que la soirée s'achèvera comme elle a commencé ; ensemble.

— C'est quoi ton nom ?

— Királynö. Je m'appelle Vanessa Királynö.

— Hongroise, répond Maxence, presque pour lui-même, ne se souciant déjà plus des regards qui convergent vers eux, amusés et intrigués. Il sait d'avance que les paris sont ouverts.

— Oui, du côté de mon père. Si tu veux, j'ai mes propres textes. J'aimerais beaucoup que tu les lises.

Est-ce qu'à ce moment précis une alarme s'active dans l'esprit de Maxence ? C'est en tout cas ce qu'il va confier dans quelques jours au commandant chargé de l'enquête, lorsque celui-ci lui demandera de retracer le cours de la soirée. Une alarme, trop loin dans son subconscient pour qu'il l'écoute. Mais il détecte en lui un sourd instinct de déjà-vu auquel il ne prête pas assez attention. Et à cause de cette froide habitude de ne plus écouter son instinct, les actes se

172

construisent à l'identique, sans personne pour y déceler les ficelles qui maintiennent le tout dans un fragile équilibre.

Alors soit, c'est main dans la main qu'on quitte cette soirée, devant les invités qui ne font pas plus que Maxence et Vanessa le lien entre les deux fêtes.

Et dans le milieu de la nuit, Vanessa Királynö va mourir.

C'est l'histoire d'une autre Ophélia King.

*

C'est le commandant Éric Dronning, qui, le premier, a fait le lien entre la scène de crime d'Ophélia King et celle de Vanessa Királynö. Quelques personnes commençaient à se gratter le front devant ce sentiment de déjà-vu gênant. Et c'est le commandant Dronning, qui, en premier, a pensé à Nicolas comme le mort de trop. Vanessa est allongée sur le côté, le sperme trace comme une courbe sinueuse le long de sa cuisse, et ça le chiffonne, ce détail-là. Il a beau ne pas être un expert scientifique, cette impression d'avoir sous les yeux un liquide *posé là* le torture. Il a mal au ventre parce qu'il a compris qu'un autre Nicolas Lempereur va être cueilli dans quelques heures ou quelques jours, il sait qu'un homme va être placé en garde à vue, qu'on va réclamer sa tête dans la minute où on entendra parler de lui, sans que l'opinion publique, mis à part quelques fauteurs de troubles sur les réseaux sociaux qui, quelquefois, ont leur utilité, se soucie de savoir que les coïncidences ne peuvent en être, lorsqu'elles se répètent.

— Laisse-moi deviner, dit-il à son collègue, pas de trace de préservatif, les poubelles en bas sont vides.

— T'as tout compris.

Le commandant Éric Dronning est persuadé de connaître déjà la suite ; mademoiselle Királynö s'est rendue à une fête branchée de la capitale, il sait déjà laquelle. Elle n'est pas rentrée seule chez elle, et le chanceux qui a passé quelques heures entre ses jambes sera désigné coupable, parce que le sperme brillant et sans fausse route sur ses cuisses sera le sien.

— Elle pue, cette histoire.

Ne pas se rater. Voilà ce qu'il pense. À présent, les erreurs judiciaires coûtent cher : une tête. Et pendant qu'il réclame à ses collègues la liste de tous les membres masculins présents à cette soirée, Maxence, lui, ne se doute pas encore, la tête enfoncée dans l'oreiller, qu'il ne lui reste plus longtemps avant qu'un policier ne vienne le réveiller.

Alors, il pensera à Nicolas, à ce qu'il a pu ressentir à chaque étape de son histoire : l'arrestation, la cellule de garde à vue, les rencontres avec son avocat, les fans qui le lâchent, les amis qui ne viennent pas, les preuves qui sont là mais on ne sait pas trop pourquoi, la sensation abyssale de parler dans le vide et de n'avoir d'autre choix que se laisser couler, toujours plus profond, parce que tout est joué d'avance. *Pas cette fois*, se dira Maxence, *pas question.*

Cette décharge électrique dans la nuque parce qu'on a peur.

Terriblement peur.

Parce qu'on sait maintenant la différence entre perpétuité et peine de mort, on la sent dans sa chair, cette différence, et, mon Dieu, c'est qu'on ne veut pas mourir.

Vanessa est autopsiée, rendue à sa famille qui va l'enterrer dignement. On tambourine à la porte de Maxence, puisque tous les témoins sont d'accord pour dire qu'on les a vus partir ensemble.

La peur, la grande et inévitable peur, prend ses quartiers face à notre impuissance. Le destin dévoile ses cartes et il n'est rien qu'on puisse faire pour combattre ce hasard qui n'en est pas un. Maxence sera-t-il lui aussi tenté de murmurer des phrases telles qu'*on m'a piégé*. Sera-t-il plus cru que Nicolas l'a été, quelque six mois auparavant. Le vilain espoir fait déjà son effet. Maxence s'accroche à ce sentiment de déjà-vu qui contamine tout le monde et qui jouera peut-être en sa faveur.

Il n'a jamais autant aimé Nicolas qu'en cet instant-là.

Qu'en cet instant de garde à vue dans une cellule qu'il n'imaginait pas arpenter un jour, lui toujours en règle avec la loi. *Putain je jette mes mégots dans la poubelle, je respecte tous les feux rouges, je me gare aux places réservées, jamais un excès de vitesse, j'aide même les vieilles à traverser le passage piéton.* Il sait ce qu'il faudra dire à l'avocat : pourquoi tuer celle qui allait relancer sa carrière. Vanessa, c'était la Gwen Stefani du groupe *No Doubt* : la poule aux œufs d'or.

Paul, encore une fois, prend la décision d'assurer la défense. Ce qu'il n'a pas réussi à faire pour Nicolas, il compte le réussir pour Maxence, parce qu'il n'est pas possible de commettre deux fois la même erreur.

— Je comprends l'assassin, a-t-il dit au commandant Dronning. Puisque la première fois ça a fonctionné et que Nicolas Lempereur a fini sur l'échafaud, pourquoi ne pas retenter le coup une seconde fois ? Après tout, il a raison de voir les choses ainsi. La Justice l'aide.

— Je vous rappelle que ce n'était pas moi le commandant chargé de l'enquête pour le meurtre d'Ophélia King, répond Dronning.

— J'en ai conscience. Mais cette fois-ci, c'est vous.

Quand la meilleure amie de Vanessa apporte son propre témoignage, Éric Dronning acquiert la conviction de s'être fait berner.

— J'ai appelé Vanessa au moment où Maxence sortait de chez elle, il devait être trois heures. Je les ai entendus rire tous les deux, il y avait des bruits de pas dans le couloir, il descendait l'escalier.

Voilà ce qui le perturbe, *Je les ai entendus rire tous les deux. Il descendait l'escalier.*

Putain de bordel de merde.

Et l'autre est mort.

Dronning met en commun les hommes présents aux deux fêtes, à six mois d'intervalle, et surligne ceux qui étaient présents chaque fois. Le coupable est l'un d'eux, il le sait. Un profiteur agile qui ne doit sans doute pas faire partie de la sphère la plus resserrée. Il sait comment se construit une galaxie d'amis. Les étoiles lointaines, rouges et froides. Les étoiles plus proches, bleues et plus accessibles. Puis les planètes, qui se tournent autour, dirigées par la gravité qu'est leur véritable amitié.

— Voilà ce qu'il faut qu'on trouve, dit-il aux collègues, l'étoile rouge qui profite de son peu de notoriété.

Il y a toujours un petit malin qui joue avec la mort parce qu'il se croit plus intelligent que les autres. Assez intelligent pour ne pas se faire pincer. Il y a cette catégorie de gens si convaincus de leur supériorité stratégique que l'idée que leur plan puisse être déjoué ne les effleure pas. Ils jouent chaque fois aux dés avec la mort, persuadés que la guillotine ou la perpétuité ne sera jamais pour eux parce qu'ils auront toujours la possibilité de passer entre les gouttes. Persuadés que la mort ne les prendra que par surprise, au détour d'une rue ou installés dans leur lit, caressés par la vieillesse ou le cancer, mais jamais, jamais, elle ne pourra les prendre de manière organisée en complicité avec l'État qui les aura menottés. Il y a cette loi humaine qui veut que *c'est toujours pour les autres*, que l'on sort du lot, qu'il ne peut rien nous arriver. On ne se sent jamais concerné par notre mort quand on l'inflige à quelqu'un d'autre. Pourquoi penser à sa propre mort, coincé par des éléments à charge, quand on se sait à l'abri de tout.

Et ces cons croient que la tête de Nicolas Lempereur allait foutre la trouille aux autres.

— Mais j'aurais pu leur dire, murmure le commandant Dronning, en posant son doigt sur les quelques noms masculins qui reviennent chaque fois.

*

Thibault entre dans son bureau sans frapper. Depuis le temps qu'il a appris à décoder le comportement de son conseiller, Roger sait que cette sorte d'exultation qui émane de lui chaque fois qu'il pénètre dans le bureau est signe d'une nouvelle qui le laissera cloué au sol. Victorine lève les yeux au ciel ; il va falloir lui resserrer un peu la laisse, à ce petit roquet.

— Ce n'est pas lui.

— De quoi parlez-vous ?

— De Maxence, le guitariste de votre frère. Tout indique que ce n'est pas lui. Ils pensent avoir mis la main sur le vrai coupable et je ne sais pas si je dois vous dire la suite.

— Balancez ! répond Roger avec un geste d'impatience.

— C'est la même façon de procéder que pour le meurtre d'Ophélia King. Tout porte à croire que c'était déjà lui.

Trou noir.

— Ce n'est pas encore certain, s'empresse d'ajouter Thibault, parce qu'il a peur de cette crise cardiaque soudaine qui menace l'homme devant lui.

— C'est bon, Thibault, ne vous fatiguez pas. Laissez-moi seul, s'il vous plaît. Toi aussi, Victorine, je te prie.

Pour une fois, Thibault n'est pas vexé par cette demande. Il n'a aucune envie de rester dans la même pièce que son ministre, ça pue le loser à plein nez. Il n'a pas envie d'être contaminé. Il rentre dans son bureau, satisfait de sa besogne et décontenancé par la tournure que prend la situation. *Il a vraiment un karma de merde, ce Roger Leroy.* Mais l'insulte ne le protège pas de la détresse, galopante tout au fond de lui, à l'idée de la débâcle générale et du déluge qui s'abattra sur eux s'il est avéré que Nicolas Lempereur n'était pas l'assassin. Thibault est assez fin pour sentir que le vent peut tourner et que c'est maintenant ou jamais, l'occasion de trouver la bonne idée, de resserrer les rangs, de se montrer plus combatifs et plus unis que la veille, face au déferlement de rires et de sarcasmes qui se déversera à leurs pieds comme l'écume sur la falaise. C'est dans ces moments-là que l'on voit de quelle peau est fait l'homme, quel est son cuir, épais, ou son épiderme, mince. Quel vêtement de sueur et de sang va enfiler Roger Leroy, si on lui apporte avec certitude la preuve que Nicolas a bel et bien été piégé. Victorine ne dit rien. Elle se contente de se maintenir sur le qui-vive, prête à le laisser gamberger seul le temps qu'il faudra, mais pas trop longtemps non plus. Faire son deuil, et puis rebondir. *Nous faisons de la politique, merde !* pense-t-elle. De la politique ! L'émotion ne dure qu'un temps, attention. Elle tâchera de le ramener, son champion, lentement, mais sûrement, vers les rives de son destin : celui d'un ministre qui a mené à son terme la plus grande réforme de sa vie.

Mais il est loin, Roger, à des années de distance où son esprit retrouve les murs de son enfance, la grande salle à manger où sont alignés les cadeaux, la nappe et les assiettes. Le grand salon où rayonnent les guirlandes et tout ce qu'on peut offrir de plus beau à un enfant pourri gâté, y compris un frère sorti de nulle part. Roger se remémore ses doigts qui ouvrent les cadeaux, dans l'incapacité de les apprécier, alors qu'ils sont si beaux, choisis avec goût et avec soin parce qu'ils lui correspondent. Oui, mais c'est trop tard, une tache dans le décor fait trop mal dans la poitrine, c'est un petit air frais et humide qui s'infiltre avec perfidie et creuse son trou jusqu'à la pneumonie. C'était trop tard dès la première seconde parce qu'on n'est pas maître de ce genre de sentiment, et les gens qui prétendent qu'on peut maîtriser n'importe quelle émotion à n'importe quel moment mentent. C'est faux, absolument faux. Roger sait que le chemin ne se ferait pas autrement, même si c'était la chose qu'il pourrait souhaiter le plus au monde.

Roger, les yeux clos, a beau refaire le chemin, encore et encore, c'est toujours le même sentiment qui prédomine et qui a tout contaminé dès la première seconde où Nicolas, le trop joli petit Nicolas, a posé sa pointure 22 dans le salon.

La jalousie.

Roger sent l'étau resserrer à nouveau sa poitrine. Si son cœur s'emballe encore, ce ne sera pas simplement une attaque cardiaque, cette fois-ci, mais un véritable arrêt. Il sent comme ça convulse à l'intérieur de lui, à deux doigts d'exploser. Les sueurs le reprennent. Non, il est impossible, tout à fait impossible, qu'il se soit à ce point trompé, que le monde se soit à ce point fourvoyé. Pour se reprendre, Roger relit la lettre laissée sur la table de son bureau, comme une toux sèche qui creuse son trou à l'intérieur des bronches. Il se souvient d'être resté devant la chambre de Nicolas, à deux doigts d'entrer, deux petits doigts seulement, à deux millimètres de se laisser envahir par l'amour et le chagrin que l'on partage ensemble. Il aurait suffi d'un rien ; peut-être un couloir un peu plus froid, un peu plus noir, des fenêtres un peu moins renforcées et un vent un peu plus violent, un pyjama un peu moins confortable, un sol un peu plus dur. Mais tout était parfait, dans cette maison où le laisser-aller n'avait pas droit de cité. Tout était trop à sa place, droit et sûr de son fait, pour que Roger se laisse imprégner par le doute, laisse transparaître une toute petite faiblesse qui l'aurait poussé à abaisser la poignée de la chambre de son frère. Contrairement à Nicolas, lui, il voit où cela a bien pu rater. Tout était programmé, dans cette maison trop calme où il fallait pardonner, sans discuter et sans laisser échapper ses mauvais sentiments, tout était passé sous le filtre de la bien-pensance, des valeurs du pardon et du don de soi.

On n'impose pas l'amour, on n'impose pas la présence d'un être, on ne tricote pas un passé aussi encombrant quand on s'appelle papa et maman.

Roger ne sait plus ce qu'il doit faire. Il l'aime, sa réforme, il l'aime, son système de pensée, il y croyait dur comme fer il y a quelques jours encore. Mais il croyait en tous ses actes fondateurs. Pourquoi Nicolas a-t-il toujours été trop présent au monde. Trop présent dans son couloir, trop présent dans le cœur de sa mère, trop présent dans le socle même de sa réforme. Pourquoi certaines présences sont-elles si difficiles à accepter. Pourquoi n'a-t-il jamais voulu se pardonner de ne pas avoir réussi à l'accepter. Il le sait, qu'il touche là à quelque chose d'essentiel de son être qui a toujours refusé de se donner. Se pardonner son refus et ce qu'on a pu considérer comme étant sa méchanceté. Se délester de cette peau morte qui alourdit l'épiderme, sans quoi la corde est là, à pendre à ce lustre trop solide pour que la mort se rate. Il y songe, Roger, plus qu'il ne le voudrait. Quelle part le soulagement prendrait-il dans sa mort. Mais il ne le fera pas, parce qu'il comprend qu'il inaugure à peine un nouveau cheminement de soi, en commençant par regarder sa mère en face, à peser son trop léger pardon à l'aune des conséquences qu'il a provoquées. Il ne peut plus travailler dans ces conditions-là, rien n'est clair en lui, parce que les fondements qu'il croyait stables et éternels viennent de s'écrouler.

Il songe aux preuves.

Quel poids ont-elles, ces foutues preuves qu'il croyait solides. C'est sur cette base qu'il a condamné son frère. *Des preuves, des preuves, des preuves*, a-t-il martelé. On ne condamne pas sans preuves, dans un pays de droit. La preuve, droite dans ses bottes, éternelle et immuable, a dévoré ce qu'il pouvait subsister de doutes. Toute sa vie d'étudiant en droit, Roger a entendu dire qu'il ne fallait pas se fonder sur les aveux d'un homme pour le condamner, parce que les aveux pouvaient être obtenus par la force, l'intimidation, la fatigue ou la désespérance. Mieux vaut s'en tenir à la preuve, la rechercher coûte que coûte, parce qu'elle sera toujours plus puissante que la recherche d'un moyen pour faire parler. La base. La base sur laquelle il a tout construit. Mais la recherche outrancière de la preuve a son revers, et c'est à présent, qu'il le comprend. *Tu veux des preuves*, se dit l'assassin, *bouge pas, je vais t'en donner. Attends coco, tu vas pleurer de satisfaction devant mes preuves et l'autre arrêté à ma place n'aura plus qu'à avouer.* Mais comment faire quand l'autre n'avoue jamais. Jusqu'à la fin, jusqu'à la dernière seconde de sa vie, Nicolas a nié. Où est la juste part, se demande Roger, entre la preuve et l'aveu. Si les deux ont leurs failles qui les rendent si humaines.

Roger s'installe sur la chaise de son bureau et se saisit à nouveau du dossier contenant l'affaire de son frère. Il déchire chaque feuille, en fait des confettis plus petits encore que s'il avait confié les feuilles à sa déchiqueteuse. Le bruit caractéristique de la feuille qu'on déchire, son froissement sec et irréversible pénètre son âme, le vide presque intégralement de ses forces. Il va attendre là, des heures s'il le faut, à scruter le moindre détail de cette pièce qu'il ne connaît que trop bien, son bureau jonché de petits morceaux de papier si bien réduits à néant qu'on ne pourrait plus en deviner le contenu, si ce n'est ce dernier morceau jaune de la pochette sur lequel on peut encore lire *Ni*. Il plonge ses mains dans le tas de feuilles et laisse courir les confettis le long de ses phalanges, et le temps passe ainsi, à ne plus savoir rien faire d'autre qu'attendre. Comment se sentir encore capable de prendre la moindre décision, dans ce moment de latence où la vérité est en suspens au-dessus d'un gouffre dans lequel il risque de tomber.

Un autre a tué.

Un autre s'est arrangé pour ne pas se faire attraper, a tout calculé en mesurant les risques à prendre. Ils n'ont pas peur de la menace de mort, les assassins, ils s'arrangent juste pour jouer avec elle, lui faire prendre des virages inattendus, ne pas croiser sa route quand les flics se mettent à fouiller. Ils n'ont pas peur de la menace de mort, les assassins, ils croient fort en leur intelligence. Ce sont les autres, les idiots, les malades, les enragés, les alcooliques, les naufragés, qui se font pincer. Les premiers, même s'ils finissent avec les menottes aux poignets, sont assez fins pour tout miser sur une éventuelle victoire, pour se lancer dans une partie de dés avec la Justice, se glorifier de beaucoup d'amour-propre, de se targuer d'exister au-delà des limites que leur imposent les gens qui ne les aiment pas, et qui sont légion. On n'a pas peur de la menace de mort, quand on est parti si loin dans son ego, on n'a pas peur de la menace de mort, quand fourmille en nous ce désir de détruire, puissant et immuable, si fort que rien ne pourrait justifier qu'on se sente encore la capacité de reculer. Rien ne résiste aux pulsions de mort.

Et le petit chanteur, au milieu de cela, n'est pas plus brillant que les autres. Il s'insurge, il pleure, il se noie dans son chagrin, il meurt.

Lorsque Thibault part, Roger se lève à son tour. Il ne prend pas la peine de prévenir Victorine de son départ. Ses jambes ne peuvent plus le tenir dans ce bureau aux portes instables, aux bruits de couloirs aussi tranchants que la guillotine, ses jambes ont besoin de marcher n'importe où, de se mouvoir sur le béton orange des lumières de la nuit, de se tremper dans les flaques d'eau que la pluie incessante commence à former sur les trottoirs.

Roger marche quasiment toute la nuit. Il contemple Paris, jamais mort, jamais éteint, toujours noyé de lumière au-dessous de ce ciel dorénavant sans étoiles, mangées par la modernité et l'électricité. Il se dit que Nicolas devait bien la connaître, cette ville noyée d'un trop-plein de lumière sous un ciel noir où tout se meurt dans le regard des hommes. Il étouffe de ne plus être capable d'observer une seule étoile, de ne plus rien voir de cette galaxie qui l'aurait remis à sa place, lorsqu'il se sentait un peu trop grand d'importance. Il offre son front au ciel balafré d'une pluie battante, s'il crève d'une pneumonie, ce sera tant pis. Il marche ainsi, lentement, jusque chez lui. Son pantalon colle à ses mollets lorsqu'il monte l'escalier qui mène à sa chambre, sa mallette imperméable est bien la seule chose qui s'adapte à tout.

*

Lorsque son réveil sonne, quelques heures plus tard, Roger se prépare pour se rendre au travail. Mais alors qu'il noue sa cravate et que le chauffeur s'apprête à le conduire au ministère, Roger se bloque.

— Allons au cimetière.

Roger arpente les allées. Il ne s'est jamais rendu sur la tombe de Nicolas et a dû faire quelques recherches pour être certain de la retrouver ; la tombe n° 7 de l'allée F. Le sol gorgé d'eau est meuble sous ses pas, il s'y enfonce et ne se soucie plus de la boue qui imprègne ses vêtements. Pour la première fois depuis longtemps, il ne se soucie de rien, ne ressent plus grand-chose, comme anesthésié par le poids de tous ces événements qui se sont accumulés, sans qu'il puisse les contrôler. Voilà, il s'en approche et constate toutes ces tombes fleuries qui n'ont pas été frappées du sceau du paria. Il se sent incommodé par l'odeur de tous ces bouquets chargés autour de lui et il défait sa cravate, se sentant comme piégé dans une salle de crématorium. La tombe 7 est là. Quelques fleurs sont posées à son extrémité. Roger pense qu'il s'agit de Maxence qui doit contempler autrement son visage dans la glace. Sa tête a bien failli tomber et il se sent proche de Nicolas, plus proche de lui qu'il ne l'était de son vivant. Ça rapproche, la peur de la mort. L'espoir, jusqu'à la fin, de survivre malgré tout, qu'un événement, une circonstance imprévue et favorable va repousser l'heure de la mort. Maxence a eu la chance de ne pas être condamné, mais il a perdu Vanessa. Roger imagine qu'il a dû passer la veille, c'est pourquoi les fleurs sont écrasées, broyées par la puissance du vent et de la pluie. Il les contemple et ne se sent pas broyé. D'où lui vient cette résistance.

Il ne se sent pas broyé. Il a honte, il a peur de l'opinion publique, de Grégoire Maréchal si imposant, de sa mère qui doit le regarder quelque part et le juger. Il se sent écrasé par un poids dont il va devoir se délester. Il sait les rires, il les devine et les devance. Ceux de Thibault qui ne comprendra pas qu'on ne reste pas fidèle à ses convictions, quitte à enfiler le costume de la mauvaise foi. Il devine la conversation qu'il aura avec lui : lui faire garder la tête haute, ne rien renier de ce qu'ils ont accompli, même si un innocent y a laissé des plumes, parce que l'erreur est humaine et pardonnable, mais qu'elle ne doit pas occulter les fois où on a eu raison. Thibault lui rétorquera Lalbenc. Ce Lalbenc soulagé de mourir parce que personne ne pouvait rien pour lui et qu'il vallait donc mieux l'aider à y passer. Une sorte d'euthanasie qui fait du bien à l'assassin autant qu'à l'État. Roger emploiera un argument d'autorité : Maxence, ne devant sa tête qu'à l'esprit plus affûté d'un enquêteur qui n'aime pas qu'on se foute de sa gueule. Combien de personnes pourraient ainsi sauver leur tête grâce à un petit concours de circonstances, quand d'autres la perdraient, parce que la circonstance ne s'est pas présentée. Les jeux du hasard, le dé que l'on jette du haut d'un escalier ; combien prennent le parti de croire en se disant qu'un parti pris vaut bien une opinion scientifique. Combien se disent qu'il n'y a pas de hasard dans la vie, *pas de fumée sans feu*, qu'il vaut mieux prévenir que guérir. Autant de sentences qu'on tâche d'accorder comme on peut avec l'idée de la mort.

Roger est toujours en accord avec lui-même sur ce point, avec l'idée qu'on doit payer ses crimes et de la manière la plus sévère qui soit, parce que l'État prévaut. Mais la sévérité vaut-elle l'irréversibilité ; il n'y a que dans la mythologie, que les trois Parques recollent le corps de Pélops, pour lui rendre la vie qui lui avait été volée. Dans la vraie vie, la tête reste au fond de son trou, à pourrir entre les mains de l'homme qui se décompose. Maxence aurait pu pourrir tout autant que Nicolas, et le véritable violeur, lui, continuerait à se branler sur ses fantasmes, se sentant puissant d'avoir survécu au passage à l'acte.

Nous sommes le soir.

Roger se redresse et consulte son téléphone portable. Le nombre d'appels et de messages vocaux est impressionnant. Il sait qu'il a dû provoquer panique et agacement, mais il a le droit de se perdre dans son humanité, de ne plus trop savoir qu'en faire, le temps d'une journée. La voix de Thibault résonne une dizaine de fois dans le combiné, toutes les nuances y passent : de l'incrédulité à la colère contenue. Roger maîtrise le vocabulaire de Thibault. Il imagine quelle phrase a dû retentir dans son bureau, une bonne centaine de fois en l'espace d'une journée : *Il m'emmerde, celui-là*. De toute façon, c'est que Thibault se sent emmerdé par tout le monde. Et ça ne fera que s'aggraver avec le temps, jusqu'au jour où il perdra quelques-unes de ses dents sur le parquet, à force de le rayer. Les messages de Victorine sont plus professionnels, ils le rappellent à son droit chemin, au sens des priorités, à ses devoirs. *Oui, ton frère est mort, mais est-ce que ça ternit l'intégralité de ta réforme ? C'est une question que tu dois te poser.* Elle lui mettra la pression jusqu'au bout, Victorine. Il n'a pas d'échappatoire : juste un mur, droit devant. Elle est celle qui le pousse toujours à prendre des décisions radicales. La reine des compromis en période de réforme n'en tolère aucun lorsqu'on a donné sa parole. Il n'y aura que deux solutions : rentrer dans le droit chemin et courber l'échine, s'en remettant aux conseils de Victorine qui sait admirablement surmonter les crises, ou retourner sa veste et se vautrer sans honte dans sa trahison, en subissant au passage la colère d'une directrice de cabinet bafouée. Quand il reprend sa route en marchant entre les tombes, il lui semble avoir pris sa décision.

Lorsque Roger arrive à l'entrée du cimetière, pour reprendre la route vers son bureau, bien décidé à avoir une conversation avec ses collaborateurs, les flashs crépitent sur le trottoir d'en face. Le chauffeur, un peu plus loin, au niveau des places de parking, est debout contre sa voiture, prêt à intervenir. Depuis quand sont-ils là, postés et agglutinés les uns aux autres, Roger n'en a pas la moindre idée. Au moins ont-ils eu la décence d'attendre à l'extérieur, de ne pas pénétrer avec flashs et micros à l'intérieur du cimetière, de ne pas slalomer entre les tombes jusqu'à la septième de l'allée F. Ses yeux s'aveuglent de tant de lumière, il a compris que, cette fois-ci, il aura du mal à y échapper. Les questions se bousculent et se cognent les unes aux autres, il ne les comprend que par bribes ; les journalistes sont au courant de l'arrestation d'un nouveau suspect, en moins de trente secondes, Nicolas Lempereur est revenu dans toutes les conversations. Roger se sauve, sale et trempé de sueur, tentant d'éviter comme il peut les micros qui frôlent sa joue, les journalistes à deux doigts de le saisir au poignet, pour être certains qu'il ne s'en aille pas. Les gardes du corps, qui étaient postés à l'entrée, font barrage de leur torse et repoussent quelques journalistes ayant un peu trop marqué leur territoire. Les gardes le propulsent sans ménagement à l'intérieur de l'habitacle.

— Chez moi, crie Roger. Il faut que je me change avant de retourner au ministère.

La route n'est pas longue jusqu'à son appartement, mais elle sera jalonnée du crépitement des flashs, d'interpellations qui lui feront regretter jusqu'à son nom. La route sera longue tout court. Il ne sait pas encore où se situe l'impasse, au bout de cette route.

Non invius, sed invia, se répète-t-il en lui-même, la devise de son père.

Ce n'est pas le bon chemin, pas encore.

Pas tout à fait réussi, mais en bonne voie.

*

Dronning considère l'homme assis en face de lui.

Vingt-sept ans à tout casser, l'air timide et passe-partout. Il porte une veste en jean des années 1990, ce que Dronning n'imaginait pas encore portable, ses ongles sont bouffés jusqu'aux cuticules, et il pourrait jurer qu'ils n'étaient pas dans cet état deux jours auparavant. Il est mûr, se dit Dronning. Il va tout balancer. Il savoure le silence parce qu'il mesure les changements depuis l'adoption de cette loi. Avant, se tromper de suspect prêtait moins à conséquences. On avait plus de temps, on avait moins de craintes ; dans les cas où l'on se plantait, la possibilité de se racheter était encore permise. Mais depuis que la tête de Nicolas Lempereur est tombée dans la boîte pleine de sciure, le fait d'aller dans la mauvaise direction est un luxe qu'on ne peut plus se permettre. Maxence est au milieu de cela, sa vie suspendue à un fil sur le point d'être coupé. Dronning ne veut pas être ce flic-là, lui qui connaît le collègue à l'origine de l'arrestation de Nicolas Lempereur. Il sait quel poids il porte en lui, quelle dévastation ça provoque, la mort d'un homme qu'on a collé en taule parce qu'on croyait dur comme fer aux preuves. Ça ne ruine pas seulement une carrière, ça ruine une vie. Il n'est plus question d'enquêter avec la même ferveur, de croire en soi comme on y croyait auparavant, il n'est plus question d'y aller franchement, de bousculer un suspect parce qu'on a des certitudes. Une erreur judiciaire de cette envergure, c'est toute l'existence d'un homme qui s'achève là.

Dronning se penche vers le jeune homme en face de lui. Les cernes lui mangent le visage. Il sourit, parce qu'il a tenté le coup tant qu'on lui en laissait la possibilité et il regrette de s'être fait pincer. Dronning est certain de ne pas se tromper : l'homme en face de lui n'est pas en mesure de regretter ses actes. Il regrette la prison, il regrette le procès qui aura lieu et la décision qui risque d'être prise ce jour-là. Il s'aime beaucoup, il n'a pas envie de mourir. Il a joué et il a perdu. Cette conscience sublime du jeu dans lequel il s'est lancé le rend fatigué.

Il s'appelle Sébastien Petit.

Il a conscience de la théorie qui explique les cercles d'amis : les poussières et les déchets s'agglutinent au magma dur et stable. Lui n'était qu'une particule en roue libre qui s'approchait d'une étoile déjà formée : le groupe de Nicolas Lempereur. L'ami d'un ami d'un ami. Pour ce qu'il avait à faire, cette position de déchet stellaire lui allait comme un gant. S'approcher du bassiste, ami d'une connaissance, être plus ou moins incrusté dans les fêtes sans que personne trouve rien à y redire, parce que c'est le genre de fête bondée où l'on ne prend pas le temps de saluer la moindre présence. L'ami d'un ami d'un ami, donc. Le déchet sympathique et discret, transparent à l'extrême, s'installe dans un coin, observe, affûte son viseur, sélectionne ; la fille la moins dangereuse, le mec le plus con qui ce soir aura pris la décision de s'envoyer en l'air. Sébastien Petit a passé sa vie dans la transparence la plus totale. La douceur quasi féminine de sa voix, ses vêtements de pauvre, sa gaucherie face aux ballons de foot qui lui atterrissaient toujours dans la gueule, l'oubli des professeurs devant un enfant qui ne bavardait pas, pas même des chuchotis pour marquer sa présence. Pas une onde charnelle n'émanait de lui pour dire au monde, *Voyez, je suis là*. Ce qui était perçu comme une catastrophe et une malédiction s'est révélé par la suite une véritable aubaine.

L'adolescence, la voix qui mue, le duvet sur le menton, les mecs qui emballent, ceux qui restent sur le banc de touche, l'arrivée à l'âge adulte, les emménagements des uns, les fiançailles des autres, cette salope de Sophie enceinte, mais pas de moi, le bonheur partout, sur les trottoirs, aux abords des cafés, à la plage, les filles en maillot de bain qui me colleraient bien un pain parce qu'il me reste encore un peu de bave à la commissure des lèvres quand je les regarde – pourquoi diable se moulent-elles le cul dans leur bikini –, les divorces qui ne sont pas graves parce qu'un mec est déjà tout près pour consoler, mais ce n'est pas moi, la solitude du lit et de la salle de bains, *YouPorn* en boucle – de préférence les extrêmes, *milf* et *teenagers* – et les groupes sur les réseaux sociaux, où tu peux cracher ta haine de toutes ces putes qui ne veulent jamais de toi, ne même plus éjaculer, à force de se pignoler sur du vide, de l'inexistant, du fantasme qui tourne à l'aigre, les sites de rencontres, où la femme tourne les talons dès qu'elle t'a aperçu à l'entrée du bar, ou demande un doggy bag au milieu du repas, te faisant comprendre qu'il n'y aura ni second rendez-vous, ni étreinte charnelle.

Putain, quand est-ce que je vais tirer mon coup, songe Sébastien.

C'est dans sa tête, insidieux, omniprésent, aucune de ces saloperies de bonnes femmes ne veut de lui. Alors soit, il va les prendre de force. Elles paieront pour celles qui ont dit non. Personne ne le regarde, trop insignifiant. Il surjoue ce côté asocial pour qu'on ne l'approche pas trop, histoire d'avoir le terrain libre quand il a repéré une proie. Des filles, il en a violé trois ou quatre, avant Ophélia King. Des camées, des paumées, des fugueuses, des picoleuses, toutes celles un peu fragiles qui ne porteraient pas plainte parce qu'on leur rirait au nez. Vous aviez bu, mademoiselle. Sébastien a passé sa vie à observer, à détecter : la fragile, la trop forte, la pipelette, l'alcoolique, la déprimée, la larguée. Elles ne portent jamais plainte.

Il a bien rodé son plan.

Il passe toujours inaperçu, surtout lorsqu'il se fait inviter à ce genre de fêtes remplies de stars. Les yeux qui traînent sur lui ne sont pas légion. Ophélia correspond aux critères qu'il a élaborés, depuis cinq ans. De loin, il observe, l'approche prudente de Nicolas Lempereur, le leader du groupe – encore mieux. C'est la victoire totale, s'il fout dans la merde un mec comme celui-là, à qui tout sourit. Il joue de son corps et se mêle à des conversations insignifiantes auprès de gens qui le regardent à peine et ne prêtent guère attention à ses paroles, de manière que personne ne remarque ses yeux braqués sur le couple en formation. Sébastien se connaît : il est bon dans l'improvisation. Il a prévu de les suivre et il a glissé un préservatif dans sa poche, pour ne pas laisser la moindre trace sur le corps d'Ophélia. Il attend, dans le froid, dans le noir, et cette attente prolonge à la fois son désir et sa haine. Parce qu'il sait, même s'il tait cette voix, qu'il *passera après*, qu'il n'est pas celui qui a été choisi, qu'il devra se contenter des restes. Des restes qu'il devra jeter à la poubelle, pour ne pas être inquiété. Il a déjà acquis la certitude qu'il va tuer. Le chemin s'est fait dans sa tête, une haine viscérale qui constitue l'essentiel de son identité. Il s'en fout : Ophélia n'est rien, un corps pour se satisfaire, une ombre encore chaude de la jouissance d'un autre. Qu'importe, il prendra. Elle n'avait qu'à poser ses yeux sur lui, elle serait encore en vie.

Sébastien ne sait pas encore comment il va agir, quand l'idée surgit, lumineuse, au moment où il voit Nicolas Lempereur glisser quelque chose dans le conteneur, sur le côté de l'immeuble. C'est un mec, il imagine ce qu'un homme glisse dans une poubelle au milieu de la nuit. Là surgit l'idée noire, terrible, jouissive, encore plus excitante que l'idée de posséder le corps d'Ophélia King : faire de Nicolas le suspect idéal, le rockeur-violeur. Il attend que celui-ci se soit éloigné pour pénétrer dans l'immeuble.

La lumière est éteinte, Ophélia doit être alanguie sur son lit, prête à s'endormir, le taux d'endorphine à son paroxysme. Il l'imagine rose, luisante, et la perspective de baiser la peau recouverte de la sueur d'un autre homme ne le rebute pas. C'est un obstacle qui se contourne, pour obtenir le reste. Il récupère le préservatif et le glisse dans un mouchoir ; il ne faudrait pas que la précieuse semence coule dans sa poche.

Le reste est facile. Il sonne. Ophélia va sans doute penser que c'est Nicolas qui revient. Et cette idée l'émoustillera tant qu'elle ne se méfiera pas. Elle ouvre, il cogne, fort, sur le coin de la tempe. Ophélia tombe à l'endroit où elle a été découverte, c'est dire qu'il n'a pas pris le temps de la traîner dans sa chambre. Il fait vite, efficace et besogneux, tout à son idée de la faire disparaître. Personne n'a rien vu, personne n'a rien entendu : transparent, comme à son habitude.

Il a un peu peur, les premiers jours, il ne va pas le cacher. Mais la tête de Nicolas tombe, son frère, Roger Leroy, est blanc comme si c'était son propre sang qui avait coulé : *C'est vachement beau*, a-t-il pensé. Alors il n'a plus peur de rien. Il se met un peu au vert, parce que son désir a été satisfait, et parce qu'il veut que les consciences s'apaisent, oublient. Là est son erreur. Il le reconnaît, face à Dronning : il a trop pris confiance en lui. Il a perdu toute notion de mesure, galvanisé par ce crime trop facile, ce coupable idéal qui arrangeait un peu tout le monde, il faut le dire. Il n'a pas fait exprès de choisir Nicolas Lempereur,

C'est le destin, que voulez-vous, Roger Leroy pourrait venir en personne me remercier. Tout s'arrange pour le mieux, et, persuadé que les gens sont d'une connerie abyssale, il lui suffira de patienter quelques mois avant de recommencer. Si le plan a fonctionné la première fois, où serait la faille pour que ça ne fonctionne pas, plus tard, d'ici à quelques mois.

Même plan, mêmes effets, il s'incruste dans une soirée à peu près similaire, six mois plus tard. Maxence, le guitariste du groupe, a laissé entendre qu'il était à la recherche d'un nouveau membre – un chanteur, une chanteuse, peu importe – pour que le groupe ne disparaisse pas. La connaissance commune a ébruité le nom de Vanessa Királynö, et sans avoir eu besoin de la voir, il a compris que ce sera elle. Il se fout de l'aspect physique de cette femme dont le nom devient l'attraction de tous les membres invités à cette soirée. Ce sera elle, parce que pour lui, la similarité avec Ophélia King est tout de suite perceptible, et il ne peut s'empêcher de s'engouffrer dans cette voie-là, prisonnier de son désir, plus capable de s'apercevoir que cette similarité sautera aux yeux des plus clairvoyants. Nous ne sommes pas tous cons, a envie de répliquer Dronning. Sébastien lui révèle alors le coup de bol qu'il a eu, lorsque Maxence a commencé à faire les yeux doux à Vanessa. C'était *inespéré*, et la façon qu'il a de prononcer cet adjectif file les chocottes à Dronning, conscient que le jeu est plus fort que la conscience d'un homme. Sébastien n'a plus qu'à réitérer, aba-sourdi par tant de facilité. Il a passé la moitié de sa vie à penser que les femmes ne voulaient pas se donner, mais en fait si, elles se donnent, et elles couchent même le premier soir, ces gueuses. *Mais pas avec toi*, répond Dronning.

Le hic, Sébastien ne l'avait pas vu venir.

Quand on est prisonnier, condamné à contempler du dehors, et de loin, le moment où l'homme balan-cera sa semence à la poubelle, on ne prend pas la mesure de ce qui peut se dérouler à l'intérieur des murs. C'est là qu'était intervenu Dronning. Un coup de téléphone, un simple coup de fil qui donne à Maxence ce que Sébastien n'avait pas imaginé : un alibi.

Les épaules de Sébastien s'affaissent, mais Dron-ning sait qu'il ne s'agit pas de culpabilité. S'être trompé, avoir trop présumé de son intelligence et de ses forces, voilà la véritable tragédie humaine, selon Sébastien.

Là, face à Dronning, il envisage un autre coup de maître. Un truc auquel il ne peut s'empêcher de penser, parce que l'espoir est humain, y compris pour des gens comme lui. Et si le vieux réac culpabi-lisait trop après l'exécution de son frère. Et s'il faisait marche arrière, s'il déroulait ce qu'il avait tricoté, un peu comme Ariane sauve le cul de cet hypocrite de Thésée. Alors sa tête resterait accrochée.

— Tu peux toujours y croire, rétorque Dronning. Je te le souhaite, mon gars, mais rêve pas trop. Une loi, c'est plus solide que le labyrinthe de ton fameux Thésée. Et toi, t'es pas Dédale.

Ma dignité

Il n'est pas loin de deux heures du matin lorsque Roger Leroy sonne à la porte de Grégoire Maréchal.

La porte s'ouvre sur un colosse en peignoir rouge, la barbe broussailleuse et l'œil agacé. Il ne cache pas sa surprise en découvrant Leroy sur son palier, la veste trempée et la prunelle un peu vitreuse. *Il a bu*, pense-t-il. Lorsqu'il a vu sa débâcle en direct à la télévision, Grégoire Maréchal s'est dit, *Mon gars, tu t'es chié dessus*. Personne au-dehors, personne pour constater cette rencontre improbable, personne pour être témoin de ce qui va suivre et qui surprendra la France entière, faisant remonter par la même occasion la cote de popularité de Roger Leroy. Maréchal fait un pas sur le côté, signifiant à Roger qu'il le laisse entrer, pénétrer dans cet antre où l'ennemi n'a jamais mis les pieds. Quoiqu'il n'ait jamais considéré Roger comme un grand ennemi. Le sens de la repartie, une solide culture, un courage qu'on ne peut nier, mais anti-Europe, pro-peine de mort. Roger Leroy aurait pu devenir un ami, s'il n'était pas aussi con.

Il l'admire en cet instant. Avoir le courage de se pointer chez lui, entrer dans cette maison qui n'est pas la sienne et se retrouver en terrain faible, tenter de reconquérir ce qui demeure de sa dignité, lorsque le monde nous juge et crache sur nos faiblesses, aussi fort qu'il louait notre force, quelques secondes auparavant. *Tu lèches, tu lâches, tu lynches.* Telle est la dure loi de la politique. Monarchie, Empire, République, la règle est identique : on te suce, jusqu'à ce qu'on t'ait assez vidé pour planter ta tête au bout d'une pique. Maréchal l'admire d'autant plus que Roger vient de son propre chef se confronter à son rival qui peut le regarder de haut et lui dire : je t'avais prévenu.

— Que me vaut l'honneur ? demande Maréchal.

— Il faut que je vous parle, répond Leroy sans se démonter, lorsqu'il referme la porte sur son dos.

Ça mérite un verre, une entrevue comme celle-ci. Maréchal prend son temps avant d'être le premier à parler, sa femme dort au premier étage, la nuit débute à peine, secrète et austère, elle dévoile un pan de ses mystères.

Pourquoi les hommes veulent-ils à ce point domestiquer la mort, avoir le sentiment qu'ils l'ont vaincue en faisant s'abattre ses foudres sur d'autres têtes que la leur. Leroy en convient, nous ne voulons pas être touchés par la mort, nous préférons que les autres le soient. Nous la domestiquons pour l'éloigner de nous. Parce que nous dansons chaque jour avec nos quelques grandeurs et nos grandes lâchetés. Dans le fond, lui dit Leroy, en quoi est-il différent, lorsqu'il regarde le sang d'un homme couler. En quoi Thibault, son conseiller, est-il différent, lorsqu'il bande à l'idée de gagner, qu'importent les procédés et les conséquences, s'il tutoie les sommets. En quoi Victorine est-elle différente, lorsque l'intégralité de sa vie se situe dans le cabinet d'un ministère. En quoi le président de la République est-il différent, lorsqu'il demande à ses ministres de rétablir la peine de mort, pour complaire à ses électeurs, parce que son ambition suprême serait d'être réélu pour cinq ans. Maréchal concède sa tendance à la picole et son goût prononcé pour les jolies femmes. Leroy lui réplique que ça ne fait pas tomber des têtes, des vices comme ceux-là. Chaque jour, des contrats sont signés avec des stylos élégants sur du papier calligraphié haute qualité, des contrats juteux pleins de cellules cancéreuses, d'armes létales et de poubelles à ciel ouvert déversées dans des pays trop lointains pour qu'on ne les méprise pas, ça ne condamne personne ; la raison d'État est une jouissance trop forte pour qu'on retire sa main. Mais le petit merdeux trop inspiré par sa bite, le malade incapable de comprendre ses troubles et de les maîtriser, celui-là mérite de crever, parce qu'il est la lie de l'Humanité.

Maréchal repose son verre et s'installe sur le canapé. Il croise les mains sur ses genoux et surprend

Leroy en train de contempler les cadres photo disposés dans le salon et la salle à manger. À quel moment Roger a-t-il renoncé à l'idée de créer sa propre famille, il ne le sait même plus. Un divorce qui ne laisse rien derrière lui. Il connaît les sobriquets que cette austérité a inspirés ; le moine, le puceau. Les politiques se hâtent de trouver une remplaçante si leur femme vient à se carapater, il en va de leur réputation. Un ministre est viril et en couple. Son père en avait deux, lui n'en a aucune, ainsi va la vie. Il avait un frère, l'alchimie n'a pas pris. Mais le sang, le cœur qui cesse de battre parce que nous l'avons décidé, tout cela a un goût de rance et de putréfaction que Roger Leroy ne peut plus supporter.

— Le destin s'est bien payé ma tête, dit-il, face à Maréchal — S'il avait voulu me donner une leçon, il n'était sans doute pas obligé de sacrifier mon frère pour me la faire entrer dans le crâne.

— Nicolas est un peu votre Jésus, s'amuse Maréchal. S'il est mort, à défaut de racheter les fautes de toute l'Humanité, il rachète au moins les vôtres et celles de votre gouvernement.

Roger cherchait l'instant où il ne serait plus possible de faire marche arrière, où l'impasse serait sous ses yeux. Le voilà arrivé, cet instant où il faut choisir pour soi, cet instant où il n'est plus possible de tout envoyer valser d'un revers de la main. Cet instant où les masques tombent, où l'on se crève les yeux pour voir enfin la vérité nue, revenir sur des certitudes acquises de longue date, enfilées comme une seconde peau, l'amour de l'intransigeance qui confine à la paranoïa la plus extrême. Tant de souffrance accumulée qui rejaillit en étincelles sur toute l'Humanité, tant d'erreurs qui n'ont pas été pardonnées et pour lesquelles les autres doivent payer.

Roger s'installe en face de Grégoire Maréchal : ce qu'il s'apprête à dire fera l'effet d'une bombe. Il anticipe les sentiments mitigés et contradictoires qu'il va inspirer, il ne préfère plus se demander quelle place il occupera dans les livres d'Histoire. Tout ce qu'il sait, c'est qu'il est trop impliqué dans son plantage pour penser qu'il est encore possible de croire à cette loi, avec abnégation, comme il le faisait auparavant. Comment trouver la force de s'engager quand la conviction n'y est plus. Il laisse ça à d'autres, à des gens comme Thibault, pour qui la fin justifie les moyens, parce que mensonge et vérité sont en fait la même couture d'un veston unique.

— Je vais déposer ma démission auprès du président à la première heure.

— Bien, répond Maréchal, qu'ai-je à faire là-dedans ?

Maréchal ne souhaite pas que cette loi reste en l'état, il sera prêt à beaucoup pour la voir adoptée sous une autre forme, amendée ; Roger en a conscience. Il faut marchander, discuter, convenir que les peines aujourd'hui sont trop laxistes et qu'il faut revenir à plus de sévérité. Maréchal le concède, mais préférerait claquer son fric dans l'ouverture d'établissements dédiés aux déviants, plutôt que pour un bourreau habilité par l'État qui encaisse son chèque mensuel. Leroy reconnaît là les arguments de l'avocat de Lalbenc : un prédateur, il faut chercher à mieux le connaître psychiquement, plutôt qu'attendre qu'un autre prisonnier lui fasse ramasser la savonnette. D'ailleurs, s'amuse Maréchal, c'est fou comme les gens souhaitent à ce point l'épisode de la savonnette dans les douches, sans s'apercevoir une seconde que les lanceurs de savonnette sont de sacrés pervers dans leur genre. Mais la lie populaire les voit comme des justiciers, va comprendre. Maréchal se souvient du jour où il a entendu cette expression, *ramasser la savonnette*. Déjà interloqué par le fait que ce geste était conçu comme un acte de bravoure, dans la bouche de ceux qui prononçaient cette anecdote. Il était jeune alors, mais suffisamment clairvoyant pour percer là l'un des plus grands mystères de l'homme, son aptitude inégalée à la mauvaise foi et à la contradiction. Toujours cette vieille rengaine qui lui donne envie de vomir : intransigeant envers les autres, indulgent envers soi-même. Maréchal en mettrait sa main au feu, si un politique se faisait gauler en train de trousser une parlementaire effrayée, s'il était acquis qu'il avait passé ses mains autour du cou de la parlementaire pour qu'elle n'ébruite pas l'affaire, son chemin ne croiserait pas celui de la guillotine.

On avance, à bâtons rompus ; ouvrir des établissements spécialisés, alourdir les peines, faire de la récidive une barrière infranchissable.

En voyant Maréchal et Leroy discuter face à face sur un divan de velours crème, des gars comme Thibault en avaleraient leur pomme d'Adam. Ils y verraient la connivence, lancée entre eux comme un de ces ballons que Sébastien Petit n'a jamais attrapés, l'efficacité dans la compréhension des critères de l'autre, l'humour et surtout, ce que Leroy avait déjà perçu chez Maréchal, un goût prononcé pour le vocabulaire familier, ce qui fleure bon le licencieux et l'argotique, parce que le fait de se laver la bouche avec du savon n'empêche pas de commettre les pires atrocités.

— Que va penser Victorine de tout ça ? finit par demander Maréchal.

Il n'ignore pas le pouvoir qu'elle détient, l'ombre puissante de sa main portée sur cette réforme. Il n'ignore pas non plus la capacité d'affranchissement de Leroy, son esprit de liberté qui le pousse aujourd'hui à commettre la pire des trahisons.

— Je suppose que je vais perdre une collaboratrice et une amie chère.

À ces mots, Maréchal renifle un peu. Il a du mal à percevoir chez Victorine les coups de sang qui mènent à des ruptures définitives. Elle est bien trop intelligente pour ça.

— Elle va vous faire la gueule un bon bout de temps, faut vous y attendre. Mais elle reviendra.

— Qu'est-ce qui vous faire dire ça ? demande Roger.

— Son pragmatisme à toute épreuve. De tous les politiques, elle est la plus clairvoyante. La roue tourne, elle finit toujours par tourner, d'autant plus quand on a du talent. Si un jour, pas si lointain, la roue tourne à nouveau en votre faveur, elle se mordra les doigts de ne pas être là.

Il est cinq heures du matin quand Roger Leroy décide de regagner son foyer. Ils se serrent la main, et cette poignée-là, entre deux hommes que les convictions et les brisures ne rapprochent pas, est plus franche que des promesses entre amis évaporées au petit jour.

*

Roger Leroy noue sa cravate devant le miroir de sa salle de bains et il songe au nombre incalculable de fois où il a répété ce geste, depuis son adolescence. À quelle occasion a-t-il dû apprendre ; les enterrements, les mariages, les études, tous les jours depuis qu'il est entré au service de son ministère. Hormis le prétoire, Roger se dit qu'il doit porter la cravate depuis une vingtaine d'années. Il s'est quasiment toujours connu avec. Il revoit la main de son père, sûre et rapide, opérer une valse de tous les diables devant ses yeux fascinés, pour donner à sa cravate qui pendait sur ses épaules un aspect familier et rassurant. Il se souvient d'un homme, dans un magasin où il venait se fournir en cravates et en nœuds

208

papillon. Cet homme qui s'est approché d'un autre en plein tourment, tentant d'accorder entretien d'embauche et nœud de cravate dans la même phrase. Cet homme avait le même geste rituel que son père : faire danser ses mains devant les yeux du novice, éberlué devant tant de dextérité, pour exécuter le nœud parfait.

Je suis un homme, se dit-il en laissant son regard courir sur son visage, s'attarder sur ses cernes lourds de la nuit blanche qu'il vient de passer. Ses bajoues se voient, marquées par une ride puissante qu'accentue la fatigue. *Je ne suis pas fameux, pas fameux du tout.* Il pense à Thibault qui lui aurait assuré qu'en ces circonstances dramatiques, la laideur de son visage éreinté serait un atout de première classe. Il ne peut s'empêcher de penser que ce petit con lui manquera, parce que, malgré tout, son cynisme doté d'un solide *J'ai tout vu tout vécu* lui avait plusieurs fois sauvé la mise.

Malgré tout, il a un peu peur de lui.

Roger se sent ridicule, devant son miroir, de se retrouver intimidé par un trentenaire qui n'a pas la moitié de son expérience et de son vécu. Il a mené une réforme à son terme, quand bien même il en regrette les conséquences qu'il n'avait pas mesurées. Étudiant, il a prononcé de brillantes plaidoiries. Quelques-unes d'entre elles lui ont permis d'exposer ses plus brillantes idées, ses plus grandes convictions. C'est plus fort que lui, Thibault lui fait peur. Hargneux, besogneux, prétentieux, sûr de ses capacités ;

le genre de cocktail qui rend ces jeunes mâles indomptables. Il a peur de son regard, il a peur de ses mots, parce qu'ils vont blesser tant ils seront bien choisis, il a peur de sa facilité à ameuter les foules. Il se rend à l'Assemblée la boule au ventre, même si sa conversation de la veille avec Grégoire Maréchal lui a donné quantité de force et d'énergie positive. Il est attendu, par tout le monde. Par ses anciens collaborateurs qui cracheront des mollards sur ses joues rasées de frais, par le clan de Maréchal, incrédule et goguenard, qui attend de voir ce que ce roublard de Leroy, tortionnaire de son frère, peut avoir à offrir.

Il pense à Victorine, à sa déception, à son silence.

Lorsque Roger a annoncé ses intentions à Victorine, elle lui a simplement tourné le dos. Ni jugements, ni éclats de voix, elle qui pourtant insulte aussi facilement qu'elle respire. Elle n'a rien dit. Elle l'a fixé, longuement, et la langueur de ce regard traînant l'a fait frissonner. Maréchal aurait-il raison d'affirmer que tôt ou tard, elle reviendra vers lui. Il le souhaite, de toute son âme, car il l'adore, cette femme. Mais il a la conviction qu'il ne s'est pas trompé quant à la décision qu'il a prise. Il a acquis la certitude qu'il y a certains jeux auxquels il ne sait pas jouer. *Je suis un homme politique*, se dit-il, *pas un véritable acteur. Je veux bien tâcher de faire semblant, mais pas non plus me rendre aveugle.* Il songe à Œdipe, qui a recouvré la vue à l'instant où il s'est crevé les yeux. Faudrait-il aller jusque-là, pour que Victorine pardonne.

Durant quelques secondes qui vont et qui viennent, Roger Leroy voudrait mourir. Il n'y a rien de pire que le regard des hommes. Rien de pire que le fait de se sentir jugé, acculé à la justification, devoir sortir de soi des trésors d'intelligence pour parvenir à faire entendre sa petite voix jusqu'à cette masse informe qui n'a pas envie d'écouter. Il pense au juge d'Outreau. À sa pâleur morbide face aux questions de la commission d'enquête parlementaire, ses cernes si noirs qu'on pouvait y lire la liste de ses chagrins et de ses dépits. Il ne veut pas ressembler à ça. Il ne veut avouer sa défaite que s'il prouve qu'il est capable de se relever. C'est à ce prix que s'avoue une défaite, sinon, hors de question d'abdiquer. Ce trait de caractère-là, il le conçoit aussi chez Thibault.

Ma dignité, songe-t-il.

Qu'importe le reste, qu'importe tout, pourvu que je conserve ceci : ma dignité.

Il monte dans la voiture qui le mènera à l'Assemblée. Sa sacoche posée à plat sur ses genoux, le nœud de sa cravate aussi serré que son estomac qui a tout refusé ce matin. Il n'en mène pas large, et ça le rend fier parce qu'il se dit que c'est ainsi qu'il peut se reconnaître le droit d'être un homme. Être mortifié, la meurtrissure qui se lit sur lui, la conscience de la honte et de la peur qui ne le classera pas dans les pires catégories. Roger a lu un article sur ce sujet, quelques mois auparavant. Des spécialistes du monde entier rédigent des articles scientifiques sur la santé mentale des politiques, et n'hésitent pas à qualifier certains d'authentiques psychopathes, tant leur absence d'empathie et leur apathie devant les émotions choquent le peuple. Il a au moins le mérite de ne pas figurer dans ce palmarès. Ça le réconforte, parce que se planter, c'est humain, après tout. Il se relèvera, comme il a toujours fait, en ayant compris quelques trucs au passage, ce que Thibault n'est pas encore en mesure d'accepter ; on comprend de ses erreurs, même à quarante-cinq ans. Il n'y a pas d'âge pour passer pour un con. Le chauffeur l'observe par intermittence dans le rétroviseur intérieur. Il le connaît bien, depuis le temps qu'il est à son service. On ne donne pas son avis, quand on est chauffeur, mais on n'en pense pas moins. Il l'a méprisé, pour cette loi. Parce que lui-même a fait de belles conneries durant sa jeunesse, et les secondes chances, c'est pas fait pour les chiens, a-t-il souvent pensé, durant cette dernière année écoulée. Mais il l'a mené au cimetière, il a vu son teint olivâtre, ses cernes comme les tranchées de 14, noirs et profonds. Il sait ce qu'il a l'intention d'annoncer à l'Assemblée, et comme il ne sera bientôt plus ministre, une fois la passation de pouvoir effectuée, il ne sera plus à son service. Il trouve, le chauffeur, que le ministre a une sacrée paire de balloches en or massif, pour oser, face au monde, avouer que ce qu'il avait conçu n'a pas réussi et qu'il est prêt à se battre pour proposer autre chose. Il devine que son parti va lui rire au nez, que par la

magie de l'opinion publique, il perdra certains électeurs au profit d'autres, s'il se lance, plus tard, dans
une autre course politique. Il en a assez vu, le chauffeur, pour savoir que les traversées du désert ne
durent qu'un temps.

Les flashs crépitent à peine est-il sorti de la voiture. Ses pas sont lourds lorsqu'il grimpe les marches
de l'escalier qui le mène à l'intérieur du Parlement.
Il ne parlera pas aujourd'hui. Ce n'est pas le bon
moment. Il a, comme il se murmure sur tous les
bancs de l'Assemblée, *le cul entre deux chaises*, et sa
loyauté de jadis à l'égard du président de la République lui fait mal. Il ne met pas longtemps à croiser
le regard de Thibault, un peu plus à l'écart dans le
hall avec le reste des collaborateurs. Il n'est pas aussi
morveux qu'il l'avait imaginé. Roger s'attendait à un
œil torve, à une parole volcanique, bondissante et
pleine de sous-entendus. Rien de tout cela ne se pro-
duit. Quelques sifflets se font entendre, mais discrets ; personne n'oublie le lieu dans lequel il vient
de mettre les pieds. Il était prêt à parier que Thibault
aurait été le premier à le siffler, à lui rire au nez, mais
celui-ci reste silencieux. Rien ne bouge. Il est droit,
stoïque, Roger ne saurait dire s'il est déçu, en colère,
armé d'une haine implacable, ou indifférent. Roger
voudrait s'en émouvoir, parce qu'il a cette faiblesse
humaine d'accorder de l'importance à ce que les
autres pensent de lui. Ce désespoir qui nous pousse à

vouloir être aimé, admiré coûte que coûte, ce désespoir qui ne l'a jamais quitté, malgré ses quarante-cinq années. Mais la rapidité avec laquelle s'enchaînent les événements le sauve. Sa place est inconfortable. Il rejoint un rang qui n'est pas le sien et qu'il n'a jamais souhaité rejoindre. Il n'a jamais imaginé que sa place était aux côtés de Grégoire Maréchal. Simplement, il revoit la tête dans le panier en osier, la tête d'un homme qui n'est pas un inconnu, mais celui qu'il a vu grandir : de son visage d'enfant à celui d'un jeune homme à la barbe florissante, de l'apprentissage de la lecture aux gammes du piano et de la guitare. Cette tête-là te rappelle combien tu es éloquent, quand la douleur est loin de toi, quand la mort ne te concerne pas.

Maréchal parlera. C'est à lui que revient cet honneur et Leroy ne peut rien en dire, sinon qu'il l'a mérité.

Il sera bon, comme toujours.

Maréchal monte les marches qui le mènent à la tribune. Il tapote le rebord de son paquet de feuilles, pour les aligner, il dépose ensuite le paquet devant lui, s'apprêtant à entonner les premières phrases de son discours. Leroy mesure la grandeur d'un homme éloquent ; son silence calculé, ses mains posées à plat, avec calme et détermination, son regard qui fixe chaque membre de l'Assemblée, cherchant chaque pupille pour y puiser la concentration en attendant de prendre la parole, chaque conscience prête à écouter, approuver, s'exaspérer. Maréchal brille dans cet exercice.

L'attente est pesante, pas un murmure, pas un bruit de clavier, ce que souhaitait Grégoire Maréchal. Le spectacle va pouvoir commencer. Leroy est l'homme au centre de l'attention que paradoxalement, personne ne regarde. Il se calfeutre dans son siège et profite, c'en est presque reposant.

En ce jour je prête ma voix à un homme.
Ce que j'ai de souffle,
Ce que j'ai d'idées,
Ce qu'on peut avoir de remords et d'espérances au sein du même corps,
Dans cet espace restreint de la cage thoracique où l'homme mesure ce qu'il est.
En ce jour, je remercie notre ministre, Roger Leroy, de me laisser être ce souffle-là.

Roger écoute, la nuque raide et le corps tendu, la conscience obstruée par une guitare qui reposait dans un coin du salon, jadis.

Cet ouvrage a été mis en pages par

Dépôt légal : août 2021
Achevé d'imprimer en Espagne par Liberdúplex